Oo

LES REVANCHES

SATIRES POLITIQUES

J. Claeys, Imprimeur

Benoît à Paris

LES

REVANCHES

SATIRES POLITIQUES

PAR

JULES BRU D'ESQUILLE

———— ⟡ ————

PARIS

E. LACHAUD, ÉDITEUR

4, PLACE DU THÉATRE FRANÇAIS

—

1872

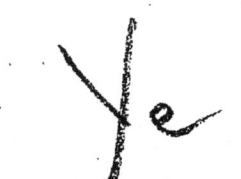

21546

PRÉFACE

Ce livre est de l'histoire, — et quelque sacrifice
Que puisse nous coûter l'amour de la justice,
Il marquera ce temps dans lequel a vécu
Et le peuple victime et le Judas vaincu.
— Par ces jours de faiblesse et de honte où nous sommes,
Il est bon de chercher, de savoir à quels hommes
L'estime peut se rendre ou bien se refuser,
Quels crimes sont commis, qui l'on doit accuser ;
Et, le coupable pris, la faute bien prouvée,
Clouer au pilori, d'une main éprouvée,
Le masque avec le nom, l'œuvre avec son auteur,
Qu'il soit Job ou Crésus, Troppmann ou l'empereur !

I

Puisque nul ne l'a pris, ce rôle sera nôtre :
— Sur tout ce qui se vend, sur tout ce qui se vautre,
A la cour, à la ville, en guerre ou dans la paix,
Sous les courtines d'or, dans les bourbiers épais,
Sur un sofa de femme ou dans le lit d'un homme,
A Paris, à Berlin, à Chislehurst, à Rome ;
Sur tous les ruffians, hauts et bas, grands ou nains,
Cartouches ou Césars, Attilas ou Mandrins,...
Nous ferons, sans effroi des haines rancunières,
Du fouet de Némésis retomber les lanières.

Mais, après le destin qui vient de s'accomplir,
Un devoir plus sacré demeurait à remplir :
Un genre différent s'impose à la satire ;
Il faut que Juvénal dans Tacite s'inspire ;
Il faut que l'avenir, vengeant notre passé,
De la France demain lève le front baissé ;
Il faut que le poëte où la fièvre s'allume,
'Comme le dur marteau qui forge sur l'enclume,
Grave, de son vers chaud, dans les cœurs convaincus
La haine des vainqueurs et l'espoir des vaincus ;
Il faut qu'enfant, jeune homme, homme mûr, tête blanche,
Préparent chaque jour l'effort de la revanche,

Et, quand l'heure viendra de chasser l'étranger,
Les armes à la main, soient prêts à se venger !

Écrivain et soldat, notre œuvre est terminée :
Que l'ombre ou le soleil marque sa destinée,
Si l'exemple suffit, le but sera saisi :
— La main qui tient la plume a tenu le fusil.

LES REVANCHES

PREMIÈRE PARTIE

EMPIRE

LES REVANCHES

PREMIÈRE PARTIE

EMPIRE

I

PAPE ET CÉSAR

A Eugène Pelletan, mon Maître

Le peuple a ses faux rois comme il a ses faux dieux;
On enchaîne son corps, on asservit son âme,
Et sur sa tête pend le glaive à double lame
Du tyran de la terre et du tyran des cieux :

Ce sont les deux jumeaux, issus de la ruine
Et de l'écrasement de l'humaine raison;
La force fait leur droit, leur arme est la prison
Et leur sort est commun avec leur origine.

Abaisser tous les fronts sous un même niveau,
Briser les volontés et les impatiences,
Séduire ou comprimer toutes les consciences,
Et sous le monde ancien broyer l'homme nouveau,

Tel est le but rêvé par ces frères impies
Qui, la main dans la main et les reins appuyés,
S'arc-boutant sur leurs pieds trop longtemps essuyés
Par les baisers honteux des races accroupies,

L'un, dans le Vatican et dans l'Escurial,
Dans la vieille Italie et dans la jeune Espagne ;
L'autre, ayant à Paris la terreur pour compagne,
Et, pour trône, le nid de l'aigle impérial ;

Tous deux ont échangé, dans leurs longues agapes,
Les ossements brûlés des inquisitions
Et le sang innocent des révolutions,
Pour cimenter la paix des Césars et des Papes !...

Or, depuis deux mille ans, ces deux royautés sœurs,
L'une à l'autre odieuse et l'une à l'autre unie,
Courbent le vieil Atlas sous cette tyrannie
Qui fait les prêtres-rois et les rois-confesseurs ;

Et, depuis deux mille ans, le vieil Atlas s'incline,
Pieds crispés, nerfs tordus, sous ces vivants fardeaux,
Sans jeter au néant, d'un froncement du dos,
Ces nains appesantis qui lui brisent l'échine !

Va toujours, pauvre ilote, esclave abâtardi :
Sur tes reins fracassés du poids qui les opprime,
Porte ces cavaliers, centaures nés du crime,
Le moine bénisseur et l'empereur maudit.

Donne-leur en tribut les dîmes et les tailles,
Ton argent, ton travail, ton honneur immolé,
Tes vierges au front pur, au ventre immaculé,
Tes fils qui vont mourir aux lointaines batailles ;

Donne-leur tout cela ; sue et peine pour eux,
Du jour de ta naissance à la fin de ta vie ;
Qu'ils prennent à loisir ce qui fait leur envie,
Le pain des affamés, le sang des malheureux.

Soit, mais ne te plains pas : c'est toi dont la faiblesse
Du rocher de Sisyphe a renforcé le poids ;
C'est toi qui les fais dieux, c'est toi qui les fais rois,
C'est toi qui t'es forgé la chaîne qui te blesse.

1.

Allons, un peu d'audace ! Ose lever les yeux
Et chasser d'un seul coup, comme des chiens qu'on fouaille,
Ces pontifes goutteux, ces tzars à courte taille,
Que la terreur rend forts, et l'ivresse oublieux.

Sois le maître à ton tour ; fais tomber les idoles.
Autour des vieux palais dont s'effondrent les murs,
Près des temples croulants sur les prêtres impurs,
Déroule en longs anneaux tes saintes farandoles,

Et, du joug éternel qui te courbait dompté
Pour la première fois secouant les entraves,
Affranchi des congrès et des pieux conclaves,
Proclame au grand soleil la forte liberté !

Que faut-il pour cela, trop débonnaire Hercule ?
Une chose : vouloir. Tu peux, si tu le veux,
Chasser les Philistins, Samson aux longs cheveux,
Que la peur de la croix et du glaive émascule ;

Tu peux vaincre à ton tour sans avoir combattu,
Renverser la tiare et briser les couronnes,
Décapiter le dais, faire tomber les trônes ;
Oui, tu peux tout cela... — Mais quand le voudras-tu ?

14 juillet 1870.

II

VINGT ANS

I

Vingt ans auparavant... c'est la chute prochaine
　　D'un roi parjure à son devoir,
C'est le peuple indigné qui brise enfin sa chaîne,
　　L'esclave qui prend le pouvoir.
Cadavre rappelé de la mort à la vie
　　Par un souffle de liberté,
La France se relève, et sa tête asservie
　　Rompt soudain le joug détesté :
Elle marche, livrant au vent de l'espérance
　　Ses grands désirs, ses nobles vœux;
Ouvrant à la misère, au deuil, à la souffrance
　　Un horizon plus lumineux;

Jetant aux nations la semence féconde,
        Moisson d'un heureux lendemain
Qui doit détruire enfin aux quatre coins du monde
        Le servage du genre humain.
Elle marche enseignant, cette ressuscitée,
        Pourquoi l'on vit, comment on meurt,
Par la sueur du front la détresse évitée,
        L'honnête et paisible labeur,
L'égalité de tous, la commune alliance
        Entre toutes les nations,
Le droit et le devoir, la foi, la conscience,
        Toutes les saintes passions...
— Et les peuples buvaient sa parole émouvante,
        Verbe de justice et de paix,
Cette voix qui portait le trouble et l'épouvante
        Aux despotes dans leurs palais...
Puis, plus rien... le silence... un cri dans la nuit sombre...
        Un râle qui fait frissonner :
O France ! un de tes fils s'était glissé dans l'ombre
        Et venait de t'assassiner !...

II

Pendant vingt ans... alors, une nouvelle histoire
    Commence pour le sol gaulois ;
La terreur à la force a donné la victoire ;
    Les boulets fracassent les lois ;
Les ossements des morts pavent le sol des rues ;
    Le sabre est le sceptre nouveau ;
Cayenne et Lambessa des vertus disparues
    Deviennent l'éternel tombeau :
Pour la seconde fois, la grande Marseillaise
    S'éteint sous le bruit du canon
Et Quarante-huit meurt comme Quatre-vingt-treize,
    De la main d'un Napoléon !...
L'ordre règne à Paris ! Implacable ironie
    Qui fait de l'ordre avec du sang
Et confond la justice avec la tyrannie,
    Le coupable avec l'innocent !
L'Empire ainsi le veut : Lugubre dictature,
    Que de pleurs tu nous as coûtés !
Que de Français tués aux guerres d'aventure,
    Que de trésors au vent jetés !
Lorsque vous commandiez, la foule avec prudence

Obéissait sans murmurer;
Vous étiez le Sauveur, une autre Providence
Qu'on devait craindre et révérer;
On subissait la faim, la honte, le mystère,
La servitude et les combats;
On se taisait toujours, car il fallait se taire,
Mais le peuple pensait tout bas;
Et vous aviez beau faire et vous aviez beau dire
A ceux que vous aviez trompés :
Muets, ils s'apprêtaient à reprendre à l'Empire
Leurs droits par l'Empire usurpés.

III

Aussi, vingt ans après... la France tout entière
Obéit à ses longs remords.
La foule des vivants accourt au cimetière
Évoquer les ombres des morts.
Elle y vient honorer ses vaincus et ses gloires,
Pleurer sur ses grands trépassés,
Rendre un culte pieux à leurs chères mémoires,
Reliques des temps effacés!
Elle y vient réveiller sous son linceul de pierre
Le cadavre sanglant et froid,

Le martyr dont la mort referma la paupière
     Sur les barricades du Droit...
Et voilà que soudain, du profond de l'abîme,
     Vibrante d'indignation,
Répond, écho vengeur, la voix de la victime
     A l'appel de la Nation :
Un miracle a rompu le silence des tombes;
     Le spectre surgit irrité;
En vain la terre a bu le sang des hécatombes;
     Même la Mort a protesté :
Tout peuple a dans sa vie une heure solennelle
     Où, sans émeute ni combat,
Comme un oiseau royal dont on a brisé l'aile,
     Le tyran chancelle et s'abat.
C'est l'heure du réveil, et voici la diane :
     Haut les corps et ferme les cœurs!
L'oppression n'est plus; la victime condamne;
     Les vaincus jugent les vainqueurs :
La grande voix du peuple, au scrutin pacifique,
     Vient d'affirmer sa volonté :
Chapeau bas, messeigneurs, devant la République;
     Voici venir la liberté!

24 mai 1869.

III

LE NOUVEAU LOUVRE

Allons, peuple, accours à la fête ;
Entonne l'hymne triomphal.
Admire, l'âme satisfaite,
Les splendeurs de l'Escurial :
On a prodigué les dorures,
L'airain, le marbre, les ferrures,
Toutes les merveilles des arts.
Le temple de Janus s'entr'ouvre :
On peut entrer au nouveau Louvre,
On peut voir l'antre des Césars !

Afin d'éterniser sa vie
Parmi les siècles oublieux,

L'Empire à sa gloire convie
Les choses, les hommes, les dieux :
La terre a donné ses richesses,
Et l'homme ses sueurs épaisses,
Pour bâtir ces murs solennels ;
Puis le prêtre, pour bénir l'œuvre,
Après les chansons du manœuvre,
A dit ses psaumes éternels.

Allons, couronnez-vous de roses,
Vils disciples d'Anacréon ;
Préparez vos apothéoses
En l'honneur de Napoléon ;
Déjà l'aigle aux puissantes ailes
Plane sur les fières tourelles
Et, comme Jupiter tonnant,
Pétrit dans ses serres la foudre
Qui doit broyer et mettre en poudre
Les peuples du vieux continent.

Mais l'ère des grandes défaites
Se ferme pour les nations ;
Les peuples marchent aux conquêtes,

Les rois aux révolutions ;
L'âge de fer, avec ses guerres,
Ses servitudes, ses misères,
N'est plus qu'un triste souvenir :
La force cède à la justice
Et le règne du bon caprice
S'écroule devant l'avenir.

C'est en vain que, garde fidèle,
Sire, au seuil de votre palais
Vous avez mis en sentinelle
Ces deux sœurs, la Guerre et la Paix ;
Le temps n'est plus où, sur un signe,
Vos soldats s'avançaient en ligne,
Prêts à tuer, prêts à périr :
La France enfin vient de renaître ;
L'esclave reprend à son maître
Le droit de vivre ou de mourir.

Vous avez beau sur vos murailles
Inscrire avec l'or ou l'airain,
Comme un vainqueur de cent batailles,
Vos fastes d'empereur romain ;

Ceindre la couronne laurée,
La toge et la pourpre dorée,
Le cothurne de carnaval;
Puis, brandissant le sceptre antique,
Fouler la jeune République
Sous les pieds de votre cheval;

Vous qui d'un empire posthume
Posez les nouveaux fondements,
Pourquoi faire d'un tel costume
De grotesques déguisements?
Quelle part d'éclat et de gloire
Pensez-vous léguer dans l'histoire
En héritage à vos neveux?
Avez-vous enrichi la France,
Porté le comble à sa puissance
Et rendu vos peuples heureux?

Hélas! l'Empire, c'est la Guerre :
O Mexique, rends-nous nos morts!
La paix, vous la vouliez naguère,
Et Sadowa vit vos remords.
Même vous n'avez plus de force :

La séve manque sous l'écorce ;
Baudin trouble votre sommeil :
Et notre Diogène moderne
A la lueur de sa Lanterne
Vient d'éclipser votre soleil !

12 mai 1869.

IV

ISABELLE D'ESPAGNE

A Eugène Delattre

Encore un empire qui tombe
Dans le sang et la cruauté.
Encore un trône qui succombe
Sans grandeur et sans majesté.
Encore un triomphe sublime
De la liberté sur le crime,
Du peuple sur le souverain.
Encore une victoire auguste :
Le juste succède à l'injuste,
Le droit du peuple au droit divin !

Peuples et rois, qui donc vous mène,
Les uns serfs, les autres tyrans?

Qui rend votre majesté vaine
Après vous avoir faits si grands?
En vain l'avenir semble rire;
La grandeur à la chute aspire,
La vie appelle le néant :
Quand vient la suprême rafale,
Toute la pourpre triomphale
Croule et sombre au gouffre béant.

C'est que le sort a ses caprices
Et la fortune ses pudeurs;
C'est que le sang des sacrifices
Suscite aux mourants des vengeurs :
C'est que la tache sanguinaire
Et de Décembre et de Brumaire
Rejaillit du père aux enfants;
Et que des cendres des victimes
Renaissent les phénix sublimes,
Les grands principes triomphants!

— Vous avez cru, reine insensée,
Qu'il faut tuer pour faire beau
Et que la Liberté glacée
Dormait dans l'éternel tombeau :

Votre trésor et votre armée
Maintenaient l'Espagne opprimée
Dans l'esclavage détesté;
Et, sans souci de la justice,
Vos soldats menaient au supplice
Les soldats de la liberté!

Vous régniez, maîtresse absolue,
Par la force et par la terreur;
Cruelle autant que dissolue,
Vous condamniez avec fureur;
La prison et les mitraillades,
L'échafaud et les fusillades
Prouvaient au peuple votre amour;
Et le peuple, ouvrant ses entrailles,
Par de terribles funérailles
Vous prouvait sa haine à son tour.

Longtemps la victoire fidèle
Couronna vos drapeaux sanglants;
Mais chaque fois, en dépit d'elle,
Le chêne enfantait d'autres glands;
Ceux que respectait la mitraille
Au bourreau, comme à la bataille,

Allaient sans peur, d'un même pas ;
Et, te maudissant, Isabelle,
Laissaient à l'Espagne rebelle
Le soin de venger leur trépas !

———

Enfin la vengeance a sa proie :
Entendez-vous ces cris de joie :
« Haine et mort à tous les Bourbons ! »
Où sont-ils donc pour te défendre,
Ceux à qui ton cœur fut si tendre,
Jeunes amants, galants barbons ?

Allons, amazone vulgaire,
Monte sur ton cheval de guerre,
Et prends ta part de ce combat :
Sous ton chapeau de vivandière
Montre l'âme d'une guerrière
Et le courage d'un soldat !

Comme Thérèse, ton aïeule,
Charge et meurs, s'il faut, toute seule,
Loin de tes ingrats favoris :

Cette mort, relevant ta gloire,
Ferait oublier à l'histoire
Tes bourreaux et tes Marforis...

Mais non. C'est une faible femme ;
Ce corps ne renferme pas d'âme ;
Ce noble cœur n'a plus de sang :
La mort la trouble et l'épouvante,
Cette reine qui, souriante,
Signait la mort de l'innocent :

Elle fuit sans essayer même
Cette résistance suprême
Où l'on périt, — mais sans déchoir ;
Sans pousser, dans sa déchéance,
Le désespoir de l'impuissance
Au courage du désespoir !

————

C'en est fait ! Le passé sous le présent s'écroule ;
Le peuple est libre et souverain :
A ses yeux étonnés et ravis se déroule
Un avenir calme et serein.

2

Une aurore nouvelle enfin vient de paraître,
    Chassant les nuages épais.
Le jour luit radieux et le monde voit naître
    L'ère de justice et de paix.

C'est que les grands fracas suivent les grands silences
    (L'orage suit les calmes plats)
Et qu'un peuple qui voit sombrer ses espérances
    Meurt, mais ne désespère pas :
On peut mettre un bâillon sur sa bouche sanglante,
    Réprimer ses libres transports
Et, pour mieux attenter à la gloire vivante,
    Proscrire le nom des grands morts ;
On peut, par la prison, l'échafaud, la potence,
    Les bourreaux et les alguazils,
Étouffer ses sanglots, briser sa résistance
    A coups de sabre et de fusils...
Mais on n'arrête pas l'élan de la pensée
    Qui, dans son essor voyageur,
Rejetant à l'oubli l'infortune passée,
    Prépare l'avenir vengeur.
Le peuple peut, un temps, sous le joug de misère
    Courber son front pâle et vieilli ;
Mais il attend son tour, lugubre Bélisaire,

Dans sa colère recueilli ;
Et lorsque le jour vient et que l'heure est sonnée,
Le lion arrache un barreau ;
Il brise ses liens de sa patte enchaînée :
La victime devient bourreau !...

Oui, vous serrez en vain, empereurs et despotes,
Les chaînes qui pressent nos bras,
Et frappez, à coups durs, du talon de vos bottes
La terre féconde en soldats ;
En vain vous défiez la jeune République,
Elle brave tous les dangers :
— Car notre Liberté, c'est la déesse antique,
Au geste prompt, aux pieds légers,
Qui, le glaive à la main, dans les yeux la menace,
Les narines larges au vent,
Le casque sur le front, sur les flancs la cuirasse,
La bouche criant : En avant !
S'élance, abat, renverse, assomme, brise ou broie
Échafauds, remparts, bataillons,
Sur le trône des rois que son nom seul foudroie
Plante son drapeau de haillons
Et, tout autour de lui rangeant la foule immense,
Entonne avec l'humanité

L'hymne de la victoire et de la délivrance,
Le chant de la fraternité !

———

Et maintenant, passez votre chemin, madame.
Puisse le repentir purifier votre âme ;
Puissiez-vous dans l'oubli cacher vos anciens torts,
A force de vertus étouffer vos remords,
Et faire taire enfin ceux qui jettent la pierre
A la reine, à la femme, à la fille, à la mère !
— Nous, Français, qui rendons un culte mérité
Au courage impuissant, à l'âge, à la beauté,
Pour de plus grands revers, pour de plus saintes causes
Réservons nos regrets et nos apothéoses :
Le respect des vaincus est la loi des vainqueurs ;
Mais quand la bouche ment pour émouvoir les cœurs,
Quand on se prétend pauvre et qu'on a l'opulence,
Quand on est criminel et qu'on feint l'innocence,
Point de vaine pitié, point de compassion :
Ce n'est pas le malheur... c'est l'expiation !

24 décembre 1868.

V

PASSÉ, PRÉSENT, AVENIR

A M. Léon Journault
Représentant du peuple

Ah! vous faites les beaux, les gais plaisants, messires,
Qui, la moustache en croc et le feutre sur l'œil,
Dans notre abaissement retrempez votre orgueil,
Et, d'un rictus amer aiguisant vos sourires,
Jetez, comme des morts, nos vivants aux cercueils !

Cela vous est aisé de railler, de médire,
Gargantuas gouailleurs d'un festin de héros,
Romantiques repus de savoureux morceaux,
Qui trouvez naturel et simple de vous rire
Des pauvres affamés qui rongent les vieux os !

2.

Parbleu, je le sais bien, vous étiez de fiers hommes :
Vous aviez bonne poigne et bons nerfs et bon sang :
Vous avez tout marqué de votre sceau puissant,
Géants à large main du siècle dont nous sommes
Le fœtus rachitique et l'embryon naissant :

Vous êtes immortels. — Et nous naissons à peine
Que le souffle nous manque et que la mort nous prend
Et que l'oubli fatal sur notre nom s'étend
Comme si, fruits tardifs d'une époque malsaine,
Nous n'avions d'avenir que le triste présent...

Eh bien oui, nous vivons désœuvrés, inutiles ;
Nous sommes les gandins et les petits-crevés,
Aux goûts bas et mesquins, aux instincts dépravés,
Fous du jeu, des chevaux et des filles faciles,
Qui passons dans la vie en brûlant les pavés.

Nous raillons le devoir, la vertu, la science,
Tous les beaux sentiments, patrie et liberté ;
Notre âme a dépouillé toute sa dignité
Et nous crions plus haut que notre conscience
Pour tâcher de mentir à notre lâcheté...

Mais comment pouvions-nous marcher sur votre trace,
O vous dont le génie a, sur le sol jaloux,
Entr'ouvert un sillon qui s'est fermé pour nous ?
Fiers de votre grandeur, vous arpentiez l'espace...
Et notre tête, hélas ! arrive à vos genoux.

Autrefois vous aviez la vertu, la sagesse.
Le devoir vous tenait par un lien étroit,
Éclairant le chemin où vous alliez tout droit :
Le Beau, c'est aujourd'hui l'amour de la richesse,
Et le Bien, c'est la force à la place du droit !...

Vous aviez, vous, la foi qui réchauffe et féconde,
L'espoir dans l'avenir, qui rajeunit le cœur ;
Et, rivaux glorieux, émules pleins d'ardeur,
Vous luttiez de vaillance à conquérir le monde,
Nombreux à la bataille et nombreux à l'honneur.

Vous aviez la tribune et la chaire et la rue,
Une ère de jeunesse et de prospérité ;
Vous naissiez à la vie avec la liberté ;
Et, puisant dans ses bras une force inconnue,
Vous marchiez hardiment à l'immortalité.

— Mais nous, fils dégradés de pères magnanimes,
Nous, les dégénérés, le servile troupeau,
L'esclavage veillait près de notre berceau,
Privant d'air et de jour nos faces de victimes,
Nos débiles poumons, notre mince cerveau.

C'était l'heure où, sur nous étendant les ténèbres,
La terreur proscrivait les souvenirs bénis
Et faisait place nette aux crimes impunis ;
L'heure où l'on embarquait pour les exils funèbres,
Condamnés à la mort, les glorieux bannis...

Mais ce temps est passé, messieurs les romantiques ;
Les cadets d'aujourd'hui, surpassant leurs aînés,
Menacent les tyrans de leurs fronts enchaînés
Et, plus heureux que vous, n'ont pas sur leurs tuniques
La fange de l'empire où l'on vous a traînés.

Déjà nous effrayons ces valets d'imposture
Qui volent l'or du peuple et qui versent son sang,
Chiens que le fouet du maître égratigne en passant
Et qui, léchant la main d'où provient leur blessure,
Ne savent aboyer qu'après un innocent ;

Déjà Paris s'agite et la France s'éveille ;
Les cœurs sont mieux trempés ; on élève la voix ;
Et si l'Empire encor nous impose ses lois,
C'est qu'il faut aujourd'hui que la force sommeille :
Car vaincre sans tuer, c'est triompher deux fois.

Attendons en repos l'heure de délivrance ;
Ne compromettons pas par la témérité
L'œuvre de la justice et de la vérité ;
Et laissons, radieuse au grand soleil de France,
Sortir de son cercueil la jeune Liberté !...

5 mars 1869.

V.I

VICTOR NOIR

Allons, la coupe est pleine et la mesure comble.
Il fallait couronner par un dernier forfait
Les exploits des Troppmann, des Lemaire, des Momble...
Et ce couronnement, Bonaparte l'a fait.

Eh bien, quoi d'étonnant? N'était-ce pas dans l'ordre?
Le sang de la famille aurait-il pu mentir?
Les fauves n'ont-ils pas griffes et dents pour mordre?
Ils pratiquent le crime, et non le repentir !

O Brumaire, ô Décembre, ô Janvier, noms sinistres,
Que le peuple vous doit de haine et de mépris!
Coupables empereurs et complices ministres,
Valez-vous tout le sang que vous nous avez pris?

Ce n'était pas assez d'avoir chassé de France,
Poursuivi, ruiné, frappé par tous moyens
Ceux-là qui combattaient pour notre délivrance,
Tous les soldats du Droit, tous les grands citoyens!

Ce n'était pas assez d'avoir, par la mitraille,
Le sabre et le fusil, l'exil et la prison,
Par tous ces attentats qu'a bénis la prêtraille,
D'un crêpe funéraire obscurci l'horizon!

Ce n'était pas assez d'avoir, dix-huit années,
Lâché sur le pays, comme en pays conquis,
Les meutes de pillards au bagne condamnées
Et les brigands sans nom qui peuplaient les mâquis!...

Ils vont bien, les enfants de la vendetta corse!
Furieux de nous voir, malgré tous nos revers,
Puiser dans la souffrance une nouvelle force
Et d'un mot, mot unique, ébranler l'univers,

Ils pensaient par la mort anéantir l'idée;
En brisant une voix, éteindre son écho;
Et, comme aux temps où Dieu protégeait la Judée,
Sonner le glas sanglant des gueux de Jéricho...

Mais les gueux d'aujourd'hui sont faits pour d'autre ouvrage;
Ils peuvent tout vouloir, car ils n'ont peur de rien.
Pour arme, ils ont leurs bras; pour force, leur courage;
Et s'ils n'en usent pas, c'est qu'ils le veulent bien.

Qu'on ne les force pas à montrer leur vaillance;
Car ils iraient alors, pour rendre leur arrêt,
L'œil fixe, le front haut, l'âme sans défaillance,
Se serrant par le coude et fermes du jarret,

Tous, unis par le but comme par l'origine,
Trombe humaine qui broie un trône fracassé,
Boucher l'œil des canons de leur large poitrine
Et venger, en un jour, vingt ans de leur passé.

— Ce jour, nous le verrons; et toi, pauvre victime,
Que le plomb d'un bandit lâchement immola,
Le jour où nous ferons justice de ce crime,
Nous penserons à toi qui ne seras plus là;

Nous penserons à toi qui restas toujours nôtre,
A ton bonheur si proche et si vite parti,
A ce coup — réservé peut-être pour un autre —
Et qui fait d'un enfant le martyr d'un parti;

Nous pleurerons ta vie à peine commencée
Et ce jour nuptial où l'implacable sort
Fit veuve, avant l'hymen, ta pâle fiancée
Qui, pour baiser l'époux, dut embrasser le mort...

Pauvre cher Noir, le peuple, où tu comptes tes frères,
Garde pieusement ton triste souvenir.
Mais ce n'est pas assez des larmes funéraires :
De pareils attentats doivent se prévenir ;

Il faut couper le mal jusque dans sa racine,
Punir les meurtriers, venger les innocents,
Empêcher désormais qu'une main assassine
Coupe de l'arbre vert les rejetons naissants...

Bonaparte ou Troppmann, la vindicte publique
Met ces noms infamants sous un même niveau...
Lucrèce, par sa mort, fonda la République,
Et le cercueil de Noir en sera le berceau !...

10 janvier 1870.

3

VII

UNION

Au docteur Ruffié

Alors, vous aviez cru, bonnes gens de province,
Que le devoir du peuple est de nourrir le prince,
Qu'il faut subir le joug qui fait plier les fronts
Et, comme autant d'honneurs, accepter les affronts!

Alors, vous aviez cru, gens de la capitale,
Que l'Empire pour vous était la loi vitale,
Qu'il était du pays la défense et l'appui,
Qu'on ne pouvait se perdre ou se sauver sans lui!

Et, revenus enfin de cette erreur grossière,
Mettant l'idole en cendre et l'autel en poussière,
Vous évoquez des morts le regret effacé
Et faites expier au présent son passé.

Certe, il eût valu mieux ne pas subir l'injure,
Ne pas laisser en paix triompher le parjure
Et maintenir intact ce glorieux drapeau
Pour le salut duquel nos vieux donnaient leur peau;

Mais ne revenons pas à ces pages banales
Dont la main de Décembre a souillé nos annales
Et ne recherchons pas si, de quelque côté,
Le crime eut pour complice une autre lâcheté.

A cette heure de crise et de luttes utiles,
Nous n'avons pas besoin de querelles futiles;
Soyons amis d'abord et faisons à chacun
La part de ses remords et du danger commun.

Je sais que s'il fallait sonder les consciences,
Analyser les vœux, scruter les défaillances,
On pourrait, parmi ceux qui nous serrent la main,
Compter dès aujourd'hui les traîtres de demain.

Et qu'importe, après tout? Lorsque la République
Commencera chez nous son règne pacifique
Et fera, déchirant de criminels contrats,
Un peuple d'hommes forts d'un peuple de castrats,

Il faudra bien alors que l'œuvre de justice,
Surmontant les périls, triomphe et s'accomplisse
Et courbe à tout jamais sous un même niveau
Le tyran sanguinaire et le roi soliveau ;

Et quant aux partisans des royautés perdues,
Qui cherchent acheteurs pour leurs âmes vendues,
Cyniques complaisants d'impudentes Phrynés,
Valets salariés de faux prédestinés,

On les connaît trop bien pour craindre leurs menaces ;
Le mépris suffira pour de telles audaces ;
Ceci tuera cela ; l'humble vaincra le fort ;
Le droit du peuple vit ; le droit divin est mort.

C'est en vain que l'Empire au combat nous défie ;
Paris a prononcé ; la France ratifie
Et les votes du peuple ont, aux scrutins nouveaux,
Triomphé sans combat des bulletins rivaux.

A l'œuvre, citoyens, et prenez bon courage.
L'heure est grave et le sort nous donne l'avantage :
Mais gardons de laisser les partis ennemis
Profiter du succès qui nous était promis.

Tous, qui que nous soyons, hommes libres et braves,
Nous exécrons le bras qui forge nos entraves;
Commune est notre haine et commun notre but;
Mais qui veut une fin doit vouloir le début;

Or, l'adversaire est prêt; il a pour lui la force,
La mèche et le canon, le fusil et l'amorce,
Et le sabre qui fait plier l'opinion;
Pour vaincre tout cela, que faut-il? — L'union.

Profitons des leçons que nous donne l'histoire;
Avant de triompher, assurons la victoire
Et, par un seul élan, par de mêmes efforts,
Faibles, unissons-nous contre la loi des forts.

Plus de divisions, plus de paroles vaines;
Oublions nos erreurs, sacrifions nos haines;
Qu'une même espérance anime tous les cœurs
Et les vaincus d'hier seront demain vainqueurs;

Mais pas de sang versé! pas d'hymne funéraire!
Le frère ne doit pas assassiner le frère :
Gardons le sang français pour la France en danger...
Nous avons à punir... et pas à nous venger!

Décembre 1869.

VIII

LE MASSACRE D'AUBIN

I

L'Empire n'avait pas son compte de victimes :
    Mentana s'était effacé ;
Après Ricamarie, on voulait d'autres crimes :
    On avait soif de sang versé.
Ah ! quand, pour relever notre gloire flétrie,
    Nos soldats marchent au danger
Et répandent le sang pour sauver la patrie
    Des attaques de l'étranger ;
Quand, le front assombri, les yeux mouillés de larmes,
    Prêts à la mort, le cœur qui bat,
Au grand soleil des champs qui fait briller les armes,
    Ils donnent l'assaut du combat ;

Morts ou vivants, pour eux nous avons la main pleine
De cyprès ou de verts lauriers :
Ils ont fait leur devoir ; le sang que boit la plaine
N'est pas le sang des meurtriers...
Mais Aubin ! Ce n'est pas le nom d'une bataille ;
En vain je cherche des héros :
Les soldats d'aujourd'hui ne sont pas à leur taille :
Aubin n'a vu que des bourreaux !

II

Dites, qu'avaient-ils fait, ces ouvriers paisibles,
Ces forgeurs de fer forcenés,
Qu'avec vos chassepots vous avez pris pour cibles
Et lâchement assassinés ?
Attaché sans relâche à sa rude besogne
Loin du soleil et du ciel bleu,
Le mineur accroupi bêche, creuse, fend, cogne
Le charbon, la terre ou le feu.
Les pieds dans l'eau, debout à la lueur des lampes,
Le corps serré contre le bloc,
Essuyant sur le mur la sueur de ses tempes,
Il bat du pic le plein du roc.

Le grisou peut jaillir de la voûte enflammée
  Et le brûler sur son hoyau ;
Le sol peut s'ébouler et, la fuite fermée,
  L'enterrer vif dans son boyau...
Qu'importe ? Il reste là. Comme un marin fidèle
  A la mer qui l'engloutira,
Il demeure à sa mine, il est amoureux d'elle ;
  Il y naquit, il y mourra !

III

Il n'y meurt pas toujours !... L'Empire est l'enfant corse
  Qui, né dans le sang et les pleurs,
Eut pour parents directs le Crime avec la Force,
  Pour parrains les Décembriseurs ;
Et, prenant au berceau la Terreur pour complice,
  Comme Hercule au sein de Junon,
Avec des dents de fer au sein de sa nourrice
  Dans le vif inscrivit son nom.
Elle eut peur et se tut. Mais elle était robuste,
  Elle avait des fils vigoureux :
L'empire fit, des uns, les prétoriens d'Auguste
  Et les valets du crime heureux ;

Puis comme, pressurés par des maîtres avides,
        Les autres, martyrs de l'honneur,
En vain, le ventre creux avec les poches vides,
        Demandaient leur part de bonheur
Et refusaient enfin de travailler la terre
        A moins d'un légitime gain,
— Il leur donna du plomb en guise de salaire,
        Des balles en guise de pain!

Octobre 1869.

IX

LES HYPOCRITES

A M. Laurent Pichat
Représentant du peuple

Oui, j'aime mieux cent fois, dans leur franche licence,
Les amours du Grand Roi, les mœurs de la Régence
Et les excès bruyants des Révolutions
Que ces fausses vertus, ces feintes passions
Dont notre siècle laisse, amant du maquillage,
A tous les carrefours la trace et le sillage !
    Jadis on s'amusait ; même on faisait parfois
Outrage à la nature et violence aux lois ;
On était criminel, parjure, sacrilége ;
Des meurtres et des duels on battait privilége ;
Et, comme un sang plus chaud coulait aux cœurs plus forts,
Haines et passions s'épanchaient au dehors,

Mettant flamberge au vent ou violons en danse
Pour célébrer l'amour ou fêter la vengeance.

C'est vrai ; mais tout cela se faisait au grand jour ;
C'était le bruit public, l'entretien de la Cour ;
On ne se cachait pas ; et, sans vouloir d'avance
Se dérober aux lois qui punissaient l'offense,
On allait devant soi, quitte à porter plus haut,
Frappé mais assouvi, sa tête à l'échafaud.

Aujourd'hui, c'est bien pis : la conduite est la même,
Mais on a trouvé bon de changer au système.

Le jour, on est parfait, bon père, bon époux,
Patriote zélé, catholique jaloux ;
On se targue d'honneur, on aime la sagesse,
On respecte la foi, le talent, la vieillesse ;
On tonne à tout propos contre ces débauchés
Que des femmes sans cœur retiennent accrochés ;
Contre ces joueurs fous qui, pour payer des filles,
Risquent au baccarat le pain de leurs familles ;
Contre ces émeutiers dont la témérité
Menace en même temps l'ordre et la liberté :
Et, par cet art aisé d'approuver la justice,
De prêcher la vertu, de condamner le vice,
D'accuser les défauts ou les crimes d'autrui,
On se grandit ainsi d'autant qu'on leur a nui.

Mais le soir, ah! le soir, le ton change avec l'heure :
Pour des foyers plus doux on quitte sa demeure ;
On oublie à la fois sa femme, ses enfants,
Sa morale rigide et ses airs triomphants ;
Et, sur les seins pendants de quelque chair fardée,
On va se parjurer à bouche débridée.
Puis, on sort prendre l'air, flâner au boulevard ;
On trouve des amis, et le cercle bavard
Cause chevaux, musique, amour, beaux-arts, critique,
Femmes, religion... et surtout, politique.
— On a sa liberté, mais il faut prendre soin
De ménager les gens dont on aura besoin ;
Toujours les écouter, jamais les contredire ;
Tour à tour avec eux s'affliger et sourire ;
Applaudir de la tête et réprouver du cœur ;
Insulter au vaincu quand on hait le vainqueur ;
Et, selon l'intérêt ménageant ses paroles,
Composer ses discours comme on apprend des rôles.
— Certe, on se sent honteux de mentir au devoir,
D'affirmer au matin le fait nié le soir,
D'abjurer aujourd'hui (question de prudence)
Les principes qu'hier dictait la conscience.
Que faire ? On ne vit pas d'eau fraîche et de vertus :
Le bonheur ici-bas se mesure aux écus ;

Et, fier d'avoir trouvé cette raison subtile
Pour se débarrasser d'un scrupule inutile,
On fait, sans plus rougir de son indignité,
Abandon de l'honneur et de la vérité :
L'âme, dans ce combat, le cède à la matière ;
Mais qu'importe à la brute ? Elle aura sa litière !

O métal, vil métal, qui vas éblouissant
Les yeux affriolés par ton éclat puissant ;
O rondelle sans foi, sans orgueil et sans âme,
Qui fais papillonner les crimes à ta flamme,
Et, dans ta course folle errant de main en main,
A ton toucher maudit noircis le cœur humain ;
Or, appoint obligé des besoins de la vie,
Fantastique Toison sans cesse poursuivie
Par ce peuple altéré de Jasons de clinquant
Dont la tête est à prix et le bras à l'encan ;
— Dis, combien de grands cœurs, de nobles caractères,
De loyaux dévoûments et de talents austères,
Ont, arrêtés au seuil du Mont-de-Piété,
Avec toi fait marché de leur sincérité ?
Combien as-tu soldé de honteuses faiblesses,
Payé de trahisons, acheté de bassesses,
Et, par le son joyeux de tes écus pimpants,
A la voix du devoir assourdi de tympans ?

Sur le lit de Procuste où, martyr, il s'allonge,
A quel taux l'affamé te vend-il un mensonge ?
Est-ce à toi que l'on doit de voir, de moins en moins,
De fidèles caissiers et d'honnêtes témoins ?
Et feras-tu toujours, dans cette plaine immense,
Sous ton soleil doré germer l'âcre semence
De ce fumier humain que tu prends pour engrais,
O métal, vil métal, qui ne sens pas mauvais !

    Tout beau, Muse, ma mie ; à quoi bon la colère ?
Au lieu de s'indigner, mieux vaut chercher à plaire.
L'or d'ailleurs n'est pas, seul, coupable en ce procès :
La force, la frayeur, le respect du succès,
La haine, l'amitié, l'amour, la jalousie,
Toutes les passions, sœurs de l'hypocrisie,
Sont complices du mal que tu voudrais guérir.
Pour atteindre ton but, cesse de requérir ;
Ne prends pas de grands airs, n'use point de l'injure :
Le rire, plus léger, est une arme plus sûre
Que tous ces mots pompeux arrondis en phébus,
Qui fatiguent l'esprit comme autant de rébus :
Fais-toi leste, ouvre l'œil, mets la botte coquette,
Fin corset, jupe courte et toquet de conquête,
Puis, l'oreille en éveil, le trait bien affilé,
L'ironie à la bouche, assiste au défilé.

Miras, le gros Miras, n'a pas à la *Coulisse*
Son pareil pour le flair, la veine et la malice :
Il est vrai qu'à le voir, œil loyal, grosse voix,
Sur sa bedaine ronde entretournant ses doigts,
La main à tous venants, le geste franc et large,
Le rire épanoui, toujours prêt à la charge,
On se douterait peu qu'on a devant les yeux
Le fripon friponnant le plus audacieux :
Aussi l'or des clients et les ordres de Bourse
Sur ses comptes-courants s'alignent à la course.
La foule vient à lui : « Vendez mes Mexicains,
« Prenez-moi de la Rente, achetez des Romains. »
C'est un esprit si fort, c'est un si joyeux homme
Qu'en toute confiance on avale la pomme...
Et que, dix jours après, l'agréable garçon
Fuit, pour sauver la caisse, au pays Brabançon.
Gogo crie au voleur — et quelque bon apôtre
Le volera demain... comme l'aura fait l'autre.

Vary, vous connaissez ? Vary, le député,
Ce fanfaron d'orgueil et d'incrédulité,
Cet impie à tous crins, qui voit dans la pensée
Une sécrétion au cerveau condensée,
Et traite Jésus-Christ, Dieu, la Vierge et les Saints
De contes inventés pour les esprits malsains,

Eh bien, Vary l'athée, oui, Vary le sceptique
Pense comme un païen et vit en catholique.
Il est vrai qu'il excelle à trouver des raisons
Pour se justifier de tant de trahisons :
Il jeûne — par plaisir ; et, s'il entend l'office,
C'est pour ses enfants seuls qu'il fait ce sacrifice.
Va-t-il se confesser, adorer humblement
Ou le Sacré-Prépuce ou le Saint-Sacrement,
C'est pour suivre sa femme ;—et puis l'orgue est unique !
« Si vous saviez, mon cher, j'adore la musique ! »
— Pour faire son chemin, il faut être aujourd'hui
Plus canaille qu'un saint ou plus dévot que lui.

   Canailles en effet, tous ces faiseurs de dupes,
Porteurs de robe noire et souleveurs de jupes,
Qui, de fausses vertus masquant leur impudeur,
Subornant la jeunesse, abusant sa candeur,
Profitent des secrets dérobés aux familles
Pour voler les garçons, pour engrosser les filles ;
Et, moines ou curés, profanant le saint lieu,
N'ont pour but que le vice et que l'argent pour dieu.

   Canaille, ce poseur, ce tendre philanthrope,
Prêtre de l'atelier, manteau bleu de l'échoppe,
Qui, prodigue au grand jour d'aumône et de beaux traits,
Au nombre des témoins mesure ses bienfaits ;

Et, n'ayant d'autre but, d'autre raison première
A cette charité faite en pleine lumière
Que la soif de l'entendre et de la voir prôner,
Place à gros intérêts ce qu'il semble donner.

Canailles, — cet ami qui, sans délicatesse,
Enlève votre femme ou prend votre maîtresse ;
Celui qui d'un triomphe acquis à vos essais
Est aussi malheureux que vous d'un insuccès ;
Cet autre qui, présent, vous flatte, vous admire,
Et, le dos retourné, vous mord et vous déchire ;
Ce fourbe aux airs bénins, aux aimables discours,
Qui cache dents d'acier sous lèvres de velours ;
Cet envieux, dont l'œil se cache sous l'orbite,
Aux noirs sourcils froncés, au maintien hypocrite,
Qui, mordillant ses doigts aux ongles allongés,
Ou lissant de la main ses cheveux dérangés,
Toujours applaudissant, toujours prêt à sourire,
En somme, au fond du cœur, ne rêve et ne désire
Que de voir à ses pieds, malades, ruinés,
Tous les heureux du jour, pour leur cracher au nez !

Tous canailles enfin, ces gredins sans courage,
Qui promettent amour, fortune, mariage
A la vertu qui tombe ; et le désir passé,
La faute sans retour, n'ont rien de plus pressé

Que de jeter, tout seuls, sans un sou dans la poche,
L'enfant sur le pavé, la mère à la débauche,
Épaves du ruisseau, qui flottent au hasard
Du bagne à l'échafaud, de la morgue à Clamart !

    Eh bien oui, je m'oublie et je crache ma bile ;
J'ai beau me retenir ; je ne suis point habile,
Qu'il s'agisse d'excès, d'abus ou de défauts,
A voiler mon courroux d'un rire sonnant faux :
L'aspect d'une canaille insolemment heureuse
Rend mon esprit chagrin et ma bouche grondeuse.

    Puis, le rire chez moi soulève le dégoût :
On en a tant usé, tant abusé partout
Pour réduire à néant, par un calcul infâme,
Les meilleurs sentiments que puisse garder l'âme,
Respect, convictions, constance, honnêteté,
Amour de la justice et de la liberté ;
— Il a si lâchement glorifié l'audace,
Le crime, la faveur, le vol et la menace,
Ce beau rire gaulois, ce rire des aïeux,
Loyal, franc du collier, sincère et généreux ;
On l'a si fréquemment souffleté sur la joue,
Égaré dans le sang et vautré dans la boue,
Qu'il a changé de nom comme un prostitué :
Le Rire a disparu, la Blague l'a tué !

Muse, lève-toi donc, et, de ton fouet honnête,
Frappe, sans hésiter, la foule proxénète,
Ces affamés repus qu'un lambeau de ruban
Tient courbés et muets et cloués à leur banc ;
Ces ralliés qui vont trahir aux ministères
Les droits de leurs clients et de leurs mandataires,
Transfuges sans vergogne et faciles Judas
Qui désertent le camp dont ils étaient soldats ;
Cette majorité, fille des préfectures,
Qui, soignant l'avenir de ses candidatures,
Sans souci du pays, sans regret, sans pudeur,
Vote oui, vote non, au gré de l'empereur ;
Tous ces laquais enfin dont le zèle cynique
A servi Bonaparte, Orléans, République,
Et secourt aujourd'hui dans sa duplicité
Le Cabinet de l'Ordre et de l'Honnêteté !

Va, ne t'arrête pas, Némésis adorée ;
Toi seule peux venger la douleur dévorée,
Le mépris comprimé, le deuil resté debout,
La haine qui se tait au fond du cœur qui bout.
Frappe plus haut encor, de ta verge alourdie,
Ce pâle Triboulet de la Palinodie,
Vice-empereur du jour, républicain d'hier,
Plus naïf que Pinard, plus enflé que Rouher,

Faux Banquo sans emploi, spectre sans exercice,
Qui fait sauter les sceaux et danser la justice !
— Plus haut, plus haut encor ! mais non, tout sera vain :
Les rubans, les honneurs, les croix, les pots-de-vin,
La Chambre, le Sénat, servent à reconnaître
Le zèle des valets à copier le maître.
Il a donné l'exemple : et comme, à l'imiter,
Ils ont trop de profit à se laisser tenter,
Honneur, vertu, serments, horreur de l'imposture,
Tout cède, tout s'en va, tout se vend au parjure :
Que parlez-vous de Ham, de Boulogne et Strasbourg?
— Il en avait le droit; on le voit chaque jour !
Mais Décembre? le sang? le deuil et la souffrance?
— Décembre? il a bien fait, il a sauvé la France!

    O faiblesse de l'âme, ô lâcheté du cœur !
O servile troupeau, chiens couchants du vainqueur,
Poursuivrez-vous toujours, meute basse et rampante,
De vos longs aboiements la liberté mourante?
Eh bien, soit, protestez; jurez, si vous l'osez,
Que les maux du pays, nous les avons causés;
Calomniez le droit, tuez-le par la force;
Livrez la République à la vendetta corse;

    Soit; mais l'Histoire, un jour, au juste pilori
Clouera tous les coquins de ce siècle pourri.

Elle démasquera les vols, les gaspillages,
Les serments parjurés, les meurtres, les pillages,
Les guerres sans motif, les lâches trahisons,
Le peuple ruiné, l'exil et les prisons ;
Et, devant ce tissu de fautes et de crimes,
Condamnant les bourreaux et plaignant les victimes,
Elle saura marquer d'un même trait vengeur,
Complice et criminel, l'Empire et l'Empereur !

Juillet 1870.

X

LE SIÈCLE, A DIOGÈNE

Des vers! pourquoi des vers, à cette triste époque
Où du Bien et du Beau le gai rire se moque,
Où la main de la Force a fait plier le Droit,
Où jouir est le but, et s'enrichir la loi ?
Porte tes pas ailleurs, bonhomme Diogène ;
Nous connaissons à fond ta franchise sans gêne,
Et tes sarcasmes vains ne nous empêchent pas
De cuver en repos le vin de nos repas :
L'orgie est notre lot, l'ivresse est notre vie ;
La débauche de l'or au festin nous convie :
As-tu de quoi remplir nos goussets sonnant creux ?
Peux-tu nous introduire à la table des dieux ?
As-tu des voluptés à nous vendre à la livre,
Quelques siècles de plus à nous donner à vivre ?

Si tu n'as point cela, que nous fait ta chanson?
Qu'avons-nous aujourd'hui besoin de ta leçon?
    Nous savons, comme toi, que la femme est fragile,
Que le vin est trompeur et le malheur agile !
Nous savons que la vie est le rêve d'un jour;
Que nos âcres plaisirs ne valent pas l'amour;
Qu'il vaudrait mieux avoir la Vertu pour maîtresse
Et, pour guide ici-bas, l'éternelle sagesse;
Et qu'en prostituant la sainte Vérité,
Nous faisons sans pudeur œuvre de lâcheté !
Nous savons qu'en courbant notre échine sans honte
Sous l'or qui nous achète ou le fer qui nous dompte,
Nous avons, par l'aveu de notre indignité,
Abdiqué notre honneur et notre liberté !
Mais que nous fait, à nous, ta sénile morale,
Vieux débris attardé d'une vertu banale?
Ce prône, que par cœur tu viens nous réciter,
Avons-nous seulement loisir de l'écouter ?
La minute qui passe au front met une ride :
Le temps, qui nous saisit dans sa course rapide
Et, comme feuille morte, emporte nos désirs,
Mesure avarement nos volages plaisirs.
    Donc, avant de rentrer au sein de cette mère
Qui nous a créés sable et nous reprend poussière,

Avant d'aller grossir sous les murs d'un caveau
Cette masse sans nom qui peuple le tombeau,
Laisse-nous, puisqu'il faut, délaissant l'espérance,
Retomber au néant après cette existence,
Laisse-nous profiter de ces rares moments
Qu'un sort aveugle a faits à nos germes dormants.
Profitons de la vie avant qu'elle nous quitte :
Le soldat de la Mort est là, dans sa guérite,
L'arme au bras, l'œil cruel, aux aguets et debout,
Prêt à changer en Rien ce qui se croyait Tout;
Eh bien, nargue à la mort; et, si l'heure est prochaine
Qui doit de nos destins interrompre la chaîne,
Nargue au destin! qu'importe à nos joyeux ébats
La menace d'un Dieu que nous ne croyons pas?
Qu'importe à nos plaisirs l'annonce solennelle
De ce vain châtiment qu'à tout esprit rebelle
Promet un culte absurde, assemblage odieux
De fausses vérités, de faux saints, de faux dieux?
Nous n'avons plus de foi, le plaisir nous l'a prise.
L'honneur est un vain mot qu'avec raison méprise,
En ces temps de scandale et de honteux procès,
Un monde où tout est bien que bénit le succès;
Et quant à l'amour pur, ce rêve des cœurs tendres,
Feu brillant du matin qui finit par des cendres,

Les plâtres du trottoir nous en donnent autant,
En plaisirs plus réels, la valeur au comptant!
Que nous faut-il de plus et que pouvons-nous craindre?
Du sort qui nous sourit avons-nous à nous plaindre?
Les merveilles des arts et les tableaux de prix
Viennent meubler gratis nos splendides lambris.
Le peuple se complaît à grandir nos richesses,
Et ses filles, le soir, deviennent nos maîtresses;
Tout ce que nous voulons à l'instant s'accomplit;
Notre moindre désir sans délai se remplit....

Et quand un chien crotté, qui grogne, aboie et jappe,
Veut laver sa souillure aux coins blancs de la nappe,
Il faudrait qu'aussitôt, humblement inclinés,
Nous quittions le festin pour lui frotter le nez!
Arrière donc, arrière! Et, puisque tu t'obstines
A rechercher un homme au fond de nos sentines,
Laisse-nous te donner, avant de desservir,
Quelques petits conseils qui pourront te servir.

D'abord, va déposer cet air d'anachorète:
A la cour, à la ville, on aime la toilette;
Passe chez le coiffeur; de son art délicat
Tes longs poils recevront le soyeux et l'éclat;
Commande chez Ferbeuf, selon notre coutume,
A la dernière mode un élégant costume:

4

Alors, bien cravaté, bien ganté, bien botté,
Le monocle dans l'œil, le chapeau de côté,
Un stick entre les doigts, un dog-kart à la porte,
Tu pourras, saluant les crevés de ta sorte,
— Alors, mais seulement — profiter à ton gré
Du droit qui, sans garder mesure ni degré,
Consiste à dire aux gens (contre les convenances)
En quelques vérités autant d'impertinences.
Le métier n'est pas doux : on s'y fait quelquefois,
Et sans le faire exprès, donner dessus les doigts.
En notre temps surtout d'honneur chevaleresque,
Où l'on doit être habile à moins d'être grotesque,
Où tout est acclamé qui se termine bien,
Où le hasard fait tout, la Providence rien,
Casse-tête et soufflets sont les moindres sévices
Dont on puisse payer de semblables services :
On y risque sa peau... Mais pourquoi ces discours ?
Voyons, que te faut-il ? une aumône ? un secours ?
Combien demandes-tu pour vendre ton silence ?
Rien ? pour un homme seul, c'est bien peu d'exigence !
Mais tu n'es pas un homme... A bas, chien mal léché ;
Ote-toi du soleil que tu nous tiens caché ;
Pour le monde où tu vis, ton âme est trop honnête ;
La vertu, de nos jours, vois-tu, c'est par trop bête ;

Et, puisqu'à nous prêcher ses charmes peu tentants,
Sans espoir de succès, ta bouche perd son temps,
Remporte tes haillons à sécher dans ton antre,
Ces vieux os à ronger pour te remplir le ventre,
Et va-t'en, orgueilleux des trous de ton manteau,
Rallumer ta lanterne au fond de ton tonneau.

20 octobre 1869.

XI

AUX PRUSSIENS

I

Ah! vous vouliez briser le faisceau tricolore
Des provinces du sol français,
Ecraser nos soldats, que votre peuple abhorre,
Sous vos Germains aux rangs épais!
Vous vouliez abaisser cette gloire éternelle
Qui manque à vos lâches drapeaux,
Dépeupler nos pays et ravir l'étincelle,
Le feu sacré de nos héros!
Vous comptiez, pour cela, sur nos querelles vaines,
Sur nos tristes discussions,
Sur nos vils sentiments, nos amours et nos haines,
Sur nos longues dissensions...

Peut-être pensiez-vous (vous avez à vos gages
    Tant d'espions, de chiens courants)
Que nos murs sans canons livreraient nos courages
    A vos appétits dévorants;
Vous saviez notre nombre et notre manque d'armes,
    Nos incapables généraux,
Nos officiers de cour ventrus comme des carmes,
    Unités valant des zéros ;
Vous connaissiez nos plans, nos ressources bornées,
    Notre caractère indécis,
L'orgueil des *cœurs légers,* des têtes couronnées,
    Et des ministres sans soucis.
Et sûrs de tout cela, des niais et des traîtres,
    Des filles et des gringalets,
Du bonhomme de Dieu que révèrent vos prêtres
    Et que bénissent nos valets,
Vous crachez sur l'Alsace et la Lorraine unies
    Un torrent d'huile et de saindoux,
Huit cent mille soldats, baveux d'ignominies,
    Qui viennent se gaver chez nous.
Soyez fiers de vos fils, Teutons, brutes infâmes !
    Ils savent vaincre dix contre un,
Massacrer les vieillards et violer les femmes,
    A Schelestadt comme à Verdun;

Ils savent, à Strasbourg râlant son dernier râle,
Par la bombe et par le mortier
Incendier les toits de cette cathédrale,
Propriété du monde entier !
Voyez-les exposer au feu de notre armée
Nos frères par le fer contraints,
Égorger les blessés, l'enfance désarmée,
Et brûler jusqu'aux livres saints.
N'est-ce pas qu'ils sont beaux, ces grenadiers féroces
Que la schlague rend valeureux,
Ces rapides uhlans que quelques coups de crosses
Font fuir sur leurs chevaux peureux...
Mais comme, ô doux Bismark, les dernières batailles
Ont dû mouiller tes yeux tremblants,
Quand tu voyais passer les belles funérailles
Faites à tes cuirassiers blancs !...

II

Et vous n'avez pas craint, ô bandits que vous êtes,
Ivrognes, pillards, assassins,
D'aventurer ainsi près de nos baïonnettes
Sur notre sol vos noirs essaims !

Vous avez entrepris la campagne de France,
  Vous voulez venir à Paris,
Briser nos monuments, railler notre souffrance,
  Saccager nos tableaux de prix,
Et, vous vautrant chez nous, comme en terre conquise,
  Buvant nos vieux vins de bon cru,
Maraudeurs de trésors, conquérants de surprise,
  Faire l'amour, le sabre nu !
Et vous êtes venus, tout droit, de confiance,
  Vous Prussiens, Cosaques du Rhin,
Vous, tout seuls contre nous, sans aucune alliance,
  Sans demander votre chemin !
Sans doute, avec l'orgueil commun à votre race,
  Vous pensiez qu'à peine apparus
Vous pourriez écraser la France déjà lasse
  De ses premiers combats perdus,
Et que le coq gaulois, brisé par la défaite,
  Surpris, cerné par vos soldats,
Succombant sous le nombre, inclinerait la tête,
  Céderait et ne mourrait pas !...
Si vous avez ainsi perdu votre mémoire,
  Si vous avez tout oublié,
Verdun, quatre-vingt-douze et l'immortelle gloire,
  Mil huit-cent-quinze à Saint-Dizié,

Les fils se chargeront, à leur tour de bataille,
    De vous rappeler de nouveau
Qu'ils valent leurs aïeux, et qu'ils sont de leur taille
    Pour vous creuser votre tombeau :
Ah ! vous voulez la guerre avec cette patrie
    Qui vous vainquit coalisés,
Qui, plus tard, sous l'Empire, expirante et meurtrie,
    Vous rejeta les reins brisés :
Vous avez largement célébré votre entrée,
    Wissembourg, Reichshoffen, Forbach,
L'Alsace qui se meurt, la Lorraine éventrée
    Et la Champagne mise à sac...
Mais n'entendez-vous pas notre canon d'alarmes
    Qui tonne contre l'étranger,
Le cri d'un peuple entier qui réclame des armes
    Pour sauver la France en danger,
La charge du tambour et le mot de Cambronne,
    Le boute-selle du combat,
Les défis adressés à vos porte-couronne
    Et le frisson du cœur qui bat...
Mais n'entendez-vous pas le tocsin qui résonne,
    Les chaînes qui tombent des bras,
Et là-bas, dans les champs, le glas qui pour vous sonne
    L'heure fatale du trépas ?...

III

Oui, c'est la guerre à mort, une guerre de race
    Où France ou Prusse doit périr,
Guerre froide, implacable, où, sans demander grâce,
    Il faut triompher ou mourir.
C'est vous qui la voulez, ô Bismark, ô Guillaume,
    Qui l'apprêtiez depuis dix ans :
Nous la ferons sans peur, et notre dernier homme
    Défendra nos derniers enfants !
Vous pouvez envoyer à ces affreux carnages
    Votre landsturm et vos landwehrs,
Vous conduire en brigands, nous combattre en sauvages,
    Nous accabler sous les revers :
Du sol sacré fumant, la nation entière
    Que vous prétendez outrager,
Femmes, enfants, vieillards, le front haut, l'âme fière,
    Se lèvera pour se venger !
Non, vous n'y viendrez pas, dans cette ville sainte,
    Cité du génie et des arts,
Paris, cœur de la France, et dont la triple enceinte
    A des cœurs libres pour remparts;

Non, vous n'y viendrez pas ; et si notre infortune
    Nous réservait ce nouveau deuil,
Rappelez-vous ceci, c'est la fosse commune
    Qui vous servirait de cercueil :
Vous n'en reviendrez pas, et notre noble terre,
    Nos chères provinces seront,
Dans la nuit du tombeau, l'oreiller solitaire
    Où vos cadavres dormiront :
Ah ! vous lancez en vain sur notre territoire
    Vos barbares civilisés,
Animés du désir de rayer de l'histoire
    Nos fastes immortalisés ;
En vain vous prétendez usurper nos provinces
    Et tailler dans nos verts lauriers
De quoi parer le front de vos rois, de vos princes,
    De quoi couronner vos guerriers :
Les Français sont debout, vaincus mais invincibles,
    Prêts à tout plutôt qu'à céder,
Attendant sans trembler, résolus, impassibles,
    Le succès qui ne peut tarder :
Tout ce que nous avons, nous saurons le défendre !
    Notre sol, nous l'aurons intact,
Et si vous le voulez, venez donc nous le prendre
    Avec votre nombre compact...

Mais faites vos adieux aux blondes fiancées
    Qui soupirent votre retour
Et qu'au jour du départ vous avez enlacées
    D'un suprême baiser d'amour :
La République est là. — Tuez enfants et pères,
    Soldats nouveaux, soldats anciens ;
Elle n'enterrera la dernière des guerres
    Qu'avec les derniers Prussiens !

1er septembre 1870.

DEUXIÈME PARTIE

RÉPUBLIQUE

DEUXIÈME PARTIE

RÉPUBLIQUE

———

XII

QUATRE SEPTEMBRE

O jour trois fois béni qu'appelaient nos prières,
Revanche des proscrits, salut des exilés,
Laisse ton beau soleil éclairer nos paupières,
    Vengeur des grands morts immolés !

Tu tardais à venir ; déjà les incrédules,
Les faibles, les peureux, désespéraient de toi,
Et les vieux sénateurs sur leurs chaises curules
    Raillaient ceux qui gardaient ta foi :

Tu viens enfin ; tu viens, au milieu des alarmes,
Des revers de la France et du sang répandu ;
Ton sourire s'éteint sur les pleurs de nos armes ;
        Mais te voilà, rien n'est perdu !

Va, si tard que ce soit, et si cher qu'on t'achète,
Sur nos fronts affranchis mets tes rayons ardents ;
Fais s'abaisser les yeux et se courber la tête
        Des ribaudes et des brigands.

Ils sont partis enfin, ces voleurs de couronne,
Ces fils du coup d'État, ces parjures maudits,
Qui, depuis dix-huit ans, se vautraient sur le trône,
        Comme sur un lit de bandits :

Ils avaient triomphé par le sang de Décembre ;
C'est dans le même sang que leurs pieds ont glissé ;
La nuit d'hiver fait place au soleil de Septembre
        Qui ressuscite le passé !

Salut, sainte victime, ô grande République !
Combien de tes enfants, hélas ! ont succombé
Sans pouvoir, en ton nom, d'une vengeance unique
        Châtier l'empereur tombé !

Hélas! et que de vieux, fidèles à ton culte,
Déportés ou bannis sous des cieux exécrés,
Ont péri sans pouvoir, consolés de l'insulte,
    Embrasser tes genoux sacrés!

Te voilà; tu renais, fière et victorieuse,
Les mains vierges de sang, le cœur pur de remords,
Triste dans ton triomphe, et dans ton deuil joyeuse,
    Résolue à venger nos morts;

Oui, tu les vengeras! Toi seule, à l'heure sombre
Où s'endorment du grand sommeil tant de guerriers,
Peux sauver le pays dont la fortune sombre,
    Changer les cyprès en lauriers;

Toi seule, espoir certain des races opprimées,
Peux faire, d'un effort digne des anciens temps,
Des entrailles du sol s'élancer tout armées
    Des légions de combattants!

Parle, évoque à grands traits ces souvenirs de gloire
Vieux de quatre-vingts ans que Metz fait rajeunir,
Jemmapes et Valmy, Mayence, grande histoire
    Que Strasbourg a vu revenir;

Déclare aux nations que la France trahie
A subi la bataille en désirant la paix,
Mais que céder un coin de la terre envahie
    Serait souiller le nom Français;

Répudie hautement le sanglant héritage
Que l'Empire déchu vient de t'abandonner,
Mais demande à ton tour le respect du courage
    Qu'à mourir on veut condamner...

Et si, malgré cela, malgré toute justice,
Les rois, fous obéis par des fous entêtés,
Veulent forcer encore au dernier sacrifice
    Ton honneur et tes libertés,

Déchaîne alors sur eux ces flammes endormies
Qu'éveillent en un jour les révolutions;
Décrète la Terreur, chasse les dynasties,
    Brise les fers des nations;

Et, te levant debout dans l'aurore sereine
Qui chasse de Paris le tyran détesté,
Proclame, au nom du droit, de la morale humaine,
    L'ère de la fraternité!

    4 septembre 1870.

XIII

SEDAN

Ainsi la nation martyre
A dû se courber et souffrir
Sous l'Empereur et sous l'Empire
Vingt ans passés — sans en mourir ;
Et quelques batailles perdues,
Des murailles mal défendues,
Sedan qu'un lâche vient livrer,
Pourraient briser notre courage,
Nous faire donner en otage
Metz que nous allons délivrer !

Ah ! si, fidèles au despote
Que la peur seule faisait fort,
Nous avions partagé sa faute

Et proclamé la guerre à mort,
Conquérants pris par la conquête,
Il nous faudrait baisser la tête
Devant le mystique soudard,
Et nous subirions en silence
Le soufflet que donne la lance
Des uhlans à notre étendard.

Mais cette guerre affreuse, impie,
Cette lutte au dernier vivant
Que la France innocente expie,
Qui de nous l'a mise en avant?
Est-ce l'esclave et non le maître?
Est-ce la République à naître
Ou le mort-vivant couronné?
Est-ce Brutus ou bien Auguste?
Est-ce le lionceau robuste
Ou bien le tigre époumonné?

Est-ce nous qui prenions aux mères
Leurs enfants voués au trépas?
Présidions-nous aux ministères
Qui mobilisaient nos soldats?
Avons-nous, ivres de faux rêves,

Aiguisé le fil de nos glaives
Aux coins rougis des échafauds?
Et, préparant cette campagne,
Avons-nous fait au vent d'Espagne
Flotter les pans de nos drapeaux?

Nous disions que la paix féconde
Les progrès de l'humanité;
Qu'elle seule établit et fonde
L'universelle liberté;
Et, sans céder de notre gloire
Un seul pouce de territoire,
Une pierre de nos remparts,
Dans cette crise solennelle
Nous prêchions la paix fraternelle,
L'union des peuples épars...

Et c'est nous, injustes victimes,
Nous les vendus, nous les trahis,
Qui porterions le poids des crimes
Conçus par des maîtres haïs!
Et, pour achever cette guerre
Que Bonaparte a voulu faire
Malgré la France et contre nous,

Il nous faudrait, comme préface,
Céder la Lorraine et l'Alsace,
Implorer Guillaume à genoux !

Ah ! si, pour affranchir la France
De son imbécile tyran,
Après nos vingt ans de souffrance.
Il fallait ce nouveau tourment,
Bénissons l'horrible torture
Qui d'un empereur d'aventure
Sauve à jamais la nation.
Et, d'un seul coup, fait deux défaites,
Les monarques et les conquêtes,
L'Allemagne et Napoléon !

Qui donc te forçait à la guerre,
Sombre héros, bandit vulgaire,
Qui, pour effacer tes excès,
N'avais, dans ton ignominie,
Ni l'excuse de ton génie
Ni le mérite du succès ?

Quelle crainte ou quelle espérance,
Quel désir, quelle indifférence,

T'a fait provoquer l'étranger,
O ridicule diplomate,
O général de carton-pâte,
Heureux vainqueur de Bellanger?

Étaient-ce les lauriers sublimes,
Dont ton oncle voilait ses crimes,
Qui t'empêchaient de sommeiller?
Ou bien les palmes du Mexique
D'où te chassait la République
Que tu venais de réveiller?

Te fallait-il une épopée
Pour donner à ta lâche épée
La revanche de Sadowa?
Ou bien avais-tu peur du glaive
Que Damoclès vit dans ce rêve
Qui par sa chute s'acheva?

C'était donc pour sauver ton trône
Et pour transmettre ta couronne
A l'enfant qui suivait tes pas?
Mais, abusé sur ta puissance,
Oubliais-tu qu'en notre France
Les fils de rois ne règnent pas?

D'ailleurs, quel droit te faisait maître,
Toi seul assassin, toi seul traître,
De tuer cent mille Français?
Qui te permettait de nous vendre
Et de signer, sans te défendre,
Notre déshonneur et ta paix?

———

O vierge aux bruns sourcils, dont l'œil couve la flamme
    D'un sein rongé par les douleurs,
Toi dont un triple airain défend le corps et l'âme
    Contre la blessure et les pleurs,
Et qui, du même bras, sais venger l'innocence,
    Et châtier le meurtrier;
O farouche amazone à qui l'âpre Vengeance
    Offre son avide étrier,
O Némésis, tu viens, excitant avec rage
    De l'éperon ton noir coursier
Dont le rude galop, pareil au vent d'orage,
    Fait sonner les sabots d'acier;
Tu viens et, pétrissant sa fumeuse narine
    Sous le mors où grince sa dent,
Tu l'arrêtes tout court, brisant de sa poitrine
    Le front de l'homme de Sedan!

O Boulogne et Strasbourg, double page où commence
    L'ère de nos malheurs présents,
Essor nouveau de l'aigle essayant la puissance
    De ses ailes contre les vents,
O funestes débuts de cette fin tragique
    Dont le monde est épouvanté,
Que n'êtes-vous resté le premier acte unique
    De ce long drame ensanglanté
Qui, passant par Décembre et Mazas et Cayenne,
    Mentana, Ricamare, Aubin,
Traverse le Mexique et, des bords de la Seine,
    Va s'achever aux bords du Rhin!
— O mer, vaste Océan, qui, vers nos bords tranquilles
    Portais sur tes flots trop cléments,
Passant le Rubicon des discordes civiles,
    César et sa fortune errants ;
O Rhin, toi qui le vis souiller tes eaux rapides
    Par un sacrilége attentat
Et guider un parti de scélérats avides
    Au sac des caisses de l'État,
Que n'avez-vous, ouvrant vos ondes irritées,
    Creusé l'abîme sous leurs pas,
Et, refermant sur eux vos profondeurs voûtées,
    Scellé le lit de leur trépas !

Toi-même, ô Roi Bourgeois, que ta seule justice
    — Dont ta main signa l'abandon —
Eût épargné de maux en laissant au supplice
    Le traître indigne de pardon!...

Mais son cœur était sourd à la reconnaissance :
    En lui se trouvaient réunis
L'entêtement d'orgueil et la folle impudence
    Qui vient des forfaits impunis :
Prêt à jouer encore sa vie indifférente
    Sur un troisième coup de dés,
Il conservait sa foi dans son étoile errante
    Sur nos rivages abordés.
Puis, il était bâtard d'une catin régnante
    Et portait, fils adultérin,
Le nom de ce héros dont l'Europe saignante
    Reçut le soufflet souverain.
Épuisé, sans le sou, n'ayant rien que des dettes
    Et miss Howard à son avoir,
Il lui fallait un trône, un trésor, des fillettes,
    Comme au pourceau son abreuvoir :
— C'est pour cela qu'un soir, — où blanchit sous la neige
    Plus d'une tête aux bruns cheveux, —
Abusant de la nuit pour consommer le piége

Enseigné par l'oncle aux neveux,
Il s'en alla voler, dans l'ombre des murailles,
Muet, suant de lâcheté,
Le fruit de vingt combats, le prix de cent batailles,
La couronne et la liberté...

Oh! je sais bien qu'il eut, pour aider son audace,
Les honnêtes gens comme lui,
Maupas, Fialin, Morny, Saint-Arnaud, Espinasse,
Haute canaille d'aujourd'hui ;
Qu'il acheta les uns et corrompit les autres,
— Non pas Baudin, non pas Dussoubs,
Chers martyrs d'une foi dont ils étaient apôtres,
Vieux que les jeunes pleurent tous ;
— Je sais qu'il eut pour lui la subite démence
D'un pays affolé de peur·
Devant le spectre rouge, épouvantail immense
Fait au dupé par le dupeur ;
Et qu'il fallut céder devant les mitraillades,
Les cadavres exposés nus,
Le sang des boulevards, le sang des barricades,
Le sang des héros inconnus...
N'en sois que plus maudit, dans ton fils, dans ta femme,
Tueur de femmes et d'enfants,

Bonaparte bourreau, Napoléon infâme,
      Héros des coquins triomphants !
Heureux à Willemshoh', ris-toi des anathèmes
      Que nous arrache la douleur ;
L'avenir qui te juge a des arrêts suprêmes
      Et redira ce cri vengeur :
Sois maudit, fils ingrat, toi qui, fouillant au ventre
      Ta mère, la France aux abois,
Aux dogues prussiens aboyant dans leur antre
      As ouvert ses flancs nus et froids,
Et, d'un lâche couteau taillant ses chairs saignantes,
      — Brave pour la première fois —
Offrais, pour te sauver, aux familles régnantes
      Leur part de ce gâteau des rois !

Cet homme avait usé, dans sa folle existence
      Que rongeaient les émotions,
Le peu que lui laissaient d'âme et d'intelligence
      Ses orageuses passions.
Il avait tout connu, le deuil et l'infortune,
      L'exil et l'emprisonnement,
La honte, la douleur, la misère importune
      Et l'amer découragement.
Il avait escompté les jours de la jeunesse

Et les heures de l'âge mûr,
Trafiqué de son nom, comme d'un droit d'aînesse
Basé sur un trône futur ;
Il avait exploité, prétendant mal à l'aise,
L'amour, le crime et l'amitié,
Clarendon, Narvaez et Beauregard l'Anglaise,
L'honneur, la ruse et la pitié :
— Puis, quand le sort enfin eut acquitté la traite
Qu'un faussaire tirait sur lui,
Quand le peuple stupide invité pour la fête
Paya la carte de la nuit ;
Alors, pour oublier la détresse passée
Et rattraper le temps perdu,
Dans l'amour et le vin il noyait sa pensée
Comme un vieux satyre éperdu,
Et savourait en paix, accroupi sur son glaive
Qui lui soutenait l'estomac,
L'ivresse du haschich que cuve dans un rêve
Le fumeur soûl dans son hamac...
— Et la France dormait à son bras enchaînée,
De ce sommeil du Danemark
Qu'interrompit soudain l'orageuse traînée
Des coups de canon de Bismark.
Le réveil fut Sedan. — Stupidité, folie,

Oubli, vieillesse, aveuglement,
Tout semble dit? — Non pas : Quand le coupable expie,
Le pardon suit le jugement.
Mais cet homme, ce nain, ce niais sanguinaire
Qui, sans pouvoir être vainqueur,
Certain d'être vaincu, vient déclarer la guerre
Afin de rester Empereur...
Mais ce lâche qui fuit, mais l'infâme qui livre
Cent mille hommes sans être pris,
Qui décrète la mort et ne cherche qu'à vivre
Et qu'à s'engraisser à tout prix...
Dites, est-ce le fou, l'idiot ou le traître
Qu'il faut maudire et châtier ?
Est-ce le bonnet vert, l'échappé de Bicêtre,
Le voleur ou le meurtrier ?
Quel est donc son forfait? — Il n'en peut plus commettre.
Son nom? — Il les mérite tous.
Son excuse? — Néant... Il fait horreur au prêtre
Par qui les crimes sont absous !

Comme elle avait grandi, sa tyrannie est morte;
Le sang la fit monter d'où le sang la remporte :
Il est tombé : Silence à ce qui reste encor

De ce présent si bas, de ce passé si fort.
Silence : car il faut que l'humaine justice
Sans haine et sans colère attende et réfléchisse.
Silence au souvenir : car des milliers de morts
Manquent à nos regrets, présents à ses remords.
Silence : car il faut oublier à cette heure
Le nom de ce maudit par qui la France pleure.
Silence enfin! Pour nous, le mépris infamant
Est l'unique justice et le seul châtiment :
— Nous avons à remplir une tâche plus haute :
Fortifier nos cœurs faibles par notre faute;
Au prix de tous les maux, au prix du sang français,
Réparer nos revers en forçant le succès ;
Sauver notre Paris du fer et de la flamme ;
Chasser les Prussiens, que le trépas réclame,
De l'adoré pays dont nous sommes enfants ;
— Et, notre honneur intact, nos soldats triomphants,
Aux yeux des nations contre nous soulevées,
Sur les remparts nouveaux des cités relevées,
Implanter frémissant, troué par les boulets,
Ce glorieux drapeau des siècles écoulés
Que, seins nus, l'œil en feu, d'un bras patriotique,
Défend contre les rois la jeune République!

15 septembre 1870.

XIV

PARIS

Ainsi Paris a dû, victime expiatoire,
Supporter et subir ce qu'en aucune histoire
Nulle cité n'a vu s'abattre en seul coup
De deuil et de malheurs sur ses enfants debout ;
Ainsi Paris a dû, pressé par la défaite,
Quitter pour le combat ses vêtements de fête ;
Du jour au lendemain, rien qu'en ouvrant les bras,
Improviser un peuple et créer des soldats,
Élever des remparts et fabriquer des bombes,
Faire du temple un camp et de ses bois des tombes,
Inventer des fusils et forger des canons,
Changer en arsenaux jusqu'à ses Parthénons ;
Oui, Paris a tout fait, tout, même l'impossible...
— Pour qu'un Breton mystique, efféminé, sensible,

Trop faible pour agir, trop mou pour parler net,
Général de salon, héros de cabinet,
Reniant son devoir et notre sacrifice;
Prenne pour but la paix, pour moyen l'armistice,
Et vienne, chapeau bas, cœur brisé, l'œil éteint,
Disant *meâ culpâ* comme un vieux sacristain,
Décréter sans rougir, au nom des droits de l'Homme,
La famine à Paris et Paris à Guillaume !

   Certes nous l'avons vu, de l'Orient lointain
Surgir et s'avancer de son pas incertain,
Ce spectre aux yeux hagards, à la bouche ébréchée,
Aux nerfs trouant la peau rugueuse et desséchée,
Aux longs bras décharnés avec leurs doigts osseux,
Aux genoux fléchissants sous le ventre trop creux ;
Ce spectre sans pitié, sans cœur et sans entrailles,
Qui, de ses pieds géants enjambant les murailles,
Fait se geler la terre et se glacer les eaux,
Épuise les greniers et vide les caveaux,
Tarit le lait des fils aux mamelles des mères,
Couche près des mourants les vivants éphémères,
Et, sous sa dent de fer broyant un peuple fou,
Fait de la Force un droit et du Droit... rien du tout !

   Oui, Paris le sentait, le fantôme Famine,
De ses ongles crochus lui fouiller la poitrine.

Tout manquait à la fois : à peine un peu de pain,
Fait d'avoine et de son, qui trompait mal la faim ;
Et, comme viande, hélas ! les chevaux de l'armée
Servis, par ration, à la foule affamée.

   Mais qu'était pour Paris cet horrible tourment
Si l'on s'était battu jusqu'au dernier moment,
Si l'on avait tout fait pour retarder cette heure
Où, s'il ne se rend pas, il faut qu'un peuple meure !
   Hélas ! l'avait-on fait ?

               Dites, ballons discrets,
A qui l'on confiait de si graves secrets,
Et vous, braves pigeons, messagers intrépides,
Qui portiez au dehors les dépêches rapides ;
Quels plans mystérieux, quel sublime dessein
S'envolaient avec vous, cachés dans votre sein ?
Comment expliquait-on les vols, les gaspillages,
La faiblesse, la peur, les erreurs, les pillages,
Qui, de Paris pourvu de vivres pour un an,
Ont fait, après cinq mois, Paris capitulant ?
Comment justifier cette longue mollesse
Qui laissait nos soldats s'user dans la paresse,
Pendant que l'ennemi, jour et nuit travaillant,
Resserrait dans ses murs notre peuple vaillant,
Et mettant à profit, pour battre la province,

Le repos que nos chefs accordaient à son prince,
Dégarnissait Paris pour envoyer à Tours
Ses renforts accabler nos troupes de secours ?

    C'était le plan Trochu : sommeil et vigilance !
On demandait : bataille ; il répondait : silence !
Si bien qu'un jour, content d'en être venu là,
Comme Bazaine à Metz, Trochu capitula !

O vous qui défendiez la patrie éperdue
    Avec l'espoir de la sauver,
Soldats sacrifiés d'une cause perdue
    Que rien ne peut plus relever ;
O vous, morts inconnus, et vous, déjà célèbres
    Aux quatre coins de l'univers,
O Lambert, ô Regnault, dont les palmes funèbres
    S'entrelacent aux lauriers verts ;
Relevez-vous, sortez de la terre glacée
    Qui vous a servi de cercueil ;
Et, pâles sous le sang et la poudre amassée,
    Venez, dans ce rouge linceul,
Témoigner hautement contre cette infamie
    Qui, pour cacher la trahison,

Vous envoyait chercher sous la balle ennemie
   La mort sans but et sans raison ;
Évoquez Buzenval, Montretout, la Fouilleuse,
   Villiers, le Bourget, Châtillon,
Où dans les rangs serrés creusait la mitrailleuse,
   Comme un faucheur dans un sillon ;
Demandez à cet homme, à ce soldat honnête,
   A ses honnêtes compagnons,
Pourquoi tous ces murs pris avec la baïonnette
   Et non pas avec les canons ;
Pourquoi ces généraux si forts à la parade,
   Si faibles devant l'étranger,
Et ces aides de camp trop amoureux du grade
   Pour être amoureux du danger ;
Demandez-leur... Mais non, vous êtes les victimes,
   Vous n'avez pas droit de juger :
Les vivants, moins heureux, ont à punir les crimes,
   Et les cadavres à venger !

Or, qu'avait-il écrit ? : « Je jure sur ma tête
   « De ne jamais capituler. »
Et, quinze jours plus tard, la victime était prête :
   Trochu venait de l'immoler !
— C'est que, pour délivrer cette chère patrie,

Victime des deux empereurs,
Qui, les flancs déchirés, la poitrine meurtrie,
Expirante sous tant d'horreurs,
Tombait, à bout de force, après l'effort sublime
Qu'admirait même son bourreau ;
C'est que, pour la sauver, cette grande victime,
De la ruine et du tombeau,
Il fallait un bras fort, une âme fière et ferme,
Un esprit aux grands horizons,
Un cœur républicain, un dévoûment sans terme
Qui sût briser les trahisons...
Mais ce n'était pas lui, le général jésuite,
Le capitulard immortel,
Le prêcheur enragé, l'apôtre de la fuite,
L'ami du trône et de l'autel,
Non, ce n'était pas lui, l'homme de cette tâche !
Trop petit pour ce haut devoir,
Trop mou pour l'essayer, pour l'accomplir trop lâche,
Et trop aveugle pour le voir,
Il n'avait même pas cette grandeur dernière
De laisser à plus grand que lui
Le soin de délivrer la cité prisonnière
Et la France éparse aujourd'hui !...
Doutant de ses marins, de ses braves mobiles,

Des soldats et des citoyens,
De tout et de lui-même et des fureurs civiles,
　　Du but final et des moyens;
Privé de cette foi que gardait le vulgaire
　　Dans Paris et ses habitants,
Il appelait la paix quand réclamaient la guerre
　　Ses cinq cent mille combattants,
Et, craignant qu'un matin la terrible Commune
　　Ne le forçât à triompher,
Attendait en repos qu'une chute commune
　　Vînt l'absoudre et nous étouffer !...
Elle vint... Paris seul se refusait à croire
　　Que tout manquait à son salut,
Que tant de déshonneur flétrirait tant de gloire !...
　　Le croire, hélas ! il le fallut,
Quand on vit nos soldats abandonner leurs postes,
　　Drapeaux ployés, crêpes dehors,
Rendre les fiers canons aux sonores ripostes
　　Et livrer les remparts des forts ;
Quand on vit nos fusils, nos belles mitrailleuses,
　　Filles du sol national,
Aux mains des Allemands mener, tristes pleureuses,
　　Le convoi de notre arsenal;
Il le fallut enfin quand on nous rendit compte

Que, pour nous montrer leur mépris,
Pour nous faire avaler jusqu'au bout notre honte,
Les Prussiens viendraient à Paris !...
Et c'est pour aboutir à ces ignominies,
A ce dernier tour de Judas,
Héros Capitolin digne des Gémonies,
Que tu fis mourir nos soldats !
Et c'est pour cette fin que Bitche et Thionville,
Belfort, Ablis, Toul et Verdun
Se sont sacrifiés, comme la brave ville
Que l'on appelle Châteaudun !
Et c'est pour venir là que, malgré la mitraille,
Le froid, les vivres disparus,
Affamé, bombardé, gelé, mangeant la paille,
Dormant un mois sous les obus,
Paris inébranlable et fier de sa souffrance,
Sans murmures et sans débats,
Offrait encore un mois — au salut de la France —
De faim, de sang et de combats ?...
— Mais quoi! tout est fini : Ducrot vit solitaire,
Ni tué, ni victorieux ;
Et Trochu sur son plan, chez Ducloux le notaire,
Verse les larmes de ses yeux !

O France, ô mon pays, pleure sur ta défaite :
Seule, tu l'as voulue, et, seule, tu l'as faite;
Et toi, serf volontaire, et toi, peuple égaré,
Pleure ton châtiment par tes mains préparé :
Depuis le jour funèbre où, libre et magnifique,
Tu laissas un brigand tuer la République;
Du jour où tu tendis, vieux lion engourdi,
Ta crinière superbe aux ciseaux du bandit;
De ce jour, le Destin, voilant l'aube entrevue,
Suivant les temps passés et futurs en revue,
Écartelait ton front d'un sceau mystérieux,
T'assourdissait l'oreille en t'aveuglant les yeux;
Et, docile mouton que l'on menait en laisse,
Châtré de ta toison, mais reluisant de graisse,
Te regardait marcher, le carcan en sautoir,
De Décembre à Sedan, du parc à l'abattoir!

Eh bien! c'était justice, et cette leçon compte!
Hier, tu fis le crime; aujourd'hui, bois la honte,
Mais n'éteins pas encor la flamme de l'espoir :
L'aurore du matin chasse l'ombre du soir,
Les châtiments prussiens pourront passer les nôtres,
Et la faute commise en peut empêcher d'autres.

Seulement, souviens-toi, travaille et réfléchis;
Lève du sol fangeux tes deux genoux fléchis,

Porte plus haut les yeux et redresse ton torse ;
De tes bras musculeux que sillonne la force,
Abats les chiens rongeurs et les loups dévorants ;
Défends tes droits sacrés contre tous les tyrans,
Et, de ta rude main chassant, coûte que coûte,
Les sauveurs et les rois qui traversent ta route,
Montre aux peuples ingrats que laissait froids ton sort,
Montre à ces royautés qui désiraient ta mort,
Qu'un peuple, quand il veut, n'a besoin de personne
Pour défendre sa vie ou porter sa couronne,
Et qu'il sait, quand il faut, dans Paris irrité,
Mourir pour la Patrie ou pour la Liberté !

29 janvier 1871.

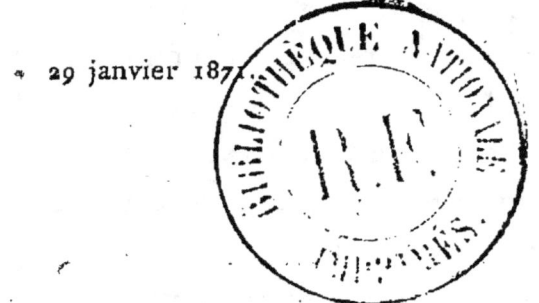

6.

XV

LES PRUSSIENS A PARIS

A Trochu

I

O rêves consolants, illusions dernières
    Que gardait, même après Sedan,
Mon esprit déchiré par les rudes lanières
    Du désespoir, ce fouet mordant,
Fuyez ! — Ils ont sonné leur marche triomphale,
    Musique en l'air, bannières haut,
Ces vainqueurs de la faim, dans cette capitale
    Qu'ils n'osèrent prendre d'assaut :
Ils sont entrés ! Ils ont secoué leur poussière
    Contre l'obélisque africain,

Piétiné du talon de leur botte grossière
    Notre pavé républicain,
Et, crachant leur salive aux cours des palais vides,
    Promené leurs joyeux regards
Du Pont-Neuf à Meudon, du Louvre aux Invalides
    Et de l'Étoile au Champ de Mars !
Comme elle avait tardé, cette grande journée
    Du « Væ victis » triomphateur,
Où l'arme de Brennus contre nous retournée
    Nous livrait à notre insulteur !
Comme ils étaient heureux de vivre enfin leur rêve,
    De réaliser cet espoir
Que la mèche du Krupp et la pointe du glaive
    Confiaient aux bivacs du soir !...
Ils allaient, ils venaient, foulant ces Tuileries
    Où la guerre avait eu son nid,
Raillant ce Carrousel où nos gloires flétries
    Pleuraient de leurs yeux de granit ;
Et, narguant en passant la Colonne Vendôme
    Faite pourtant de leurs canons,
Ils prenaient leur revanche au nom du roi Guillaume
    Vainqueur des deux Napoléons !...

II

Ah ! je ne croyais pas que tous nos sacrifices,
　　　Tout notre dévoûment passé,
Tant d'argent dépensé, tant d'utiles services,
　　　Tant de sang bravement versé,
Nos deux cent millions et nos armes rendues,
　　　Trente jours de bombardement,
Cinq mois de faim, de froid, de souffrances perdues
　　　Et de mortel isolement,
Non, je ne croyais pas qu'une telle épopée
　　　Aurait un tel couronnement :
Paris courbant la tête et brisant son épée
　　　Devant le césar allemand !...
— Mais toi, dieu couronné, fondateur de la race
　　　Qui perd la France par deux fois,
Toi qui sur notre sol laissas partout ta trace
　　　Trop grande pour nos pieds étroits,
Mais toi qui dans l'azur lèves ton front rigide,
　　　Héros à ton pays fatal,
Et qui, sans la chasser, vois cette meute avide
　　　Aboyer à ton piédestal,
Dis, ancêtre géant de ce neveu pygmée,

... A nos cris resteras-tu sourd?
Laisseras-tu tomber de ta main désarmée
.... Ton glaive devenu trop lourd?
Voudras-tu qu'Iéna sous Sedan disparaisse
Et sous Reichshoffen Austerlitz,
Et qu'au lieu de l'abeille une main vengeresse
. Couse à ton dais la fleur de lis?...
— Mais le dieu se taisait... et l'écho monotone
A la Concorde répétait
Les « Lebe der Kœnig » dont la horde teutonne
A nos désastres insultait !

III

Donc, ô vainqueurs haineux, vous avez, pleins d'ivresse,
Éveillé de vos longs hurrahs
L'écho sonore et fier de cet arc où se dresse
L'Histoire écrite par nos bras !
Vous avez, sous la voûte où planent nos Victoires,
Chanté nos deuils et vos exploits
Sans craindre que la pierre, écrasant vos mâchoires,
Éteignît le son de vos voix !
Mais pourquoi ces vivats et pourquoi cette joie?
Qu'avez-vous fait? Qu'avez-vous pris?

Nous avez-vous vaincus ? Sommes-nous votre proie ?
    Êtes-vous entrés dans Paris ?
— Trois jours, vous n'avez eu d'autre lit que le sable,
    D'autre oreiller que le gazon,
Et vous étiez parqués comme dans une étable,
    Comme des voleurs en prison.
Vos chevaux, il est vrai, venaient boire à la Seine,
    Mais sans pouvoir aller plus loin,
Et l'Élysée était la borne souveraine
    Qui vous arrêtait au Rond-Point;
Puis n'entendiez-vous pas nos gavroches imberbes,
    Agacés par vos longs couplets,
Répondre, en se jouant, à vos hymnes superbes
    Par le refrain de leurs sifflets,
Tandis que, dans son cœur étouffant sa tristesse
    Et son malheur immérité,
Le peuple, à la Bastille, évoquait sa déesse,
    Son idole, la Liberté ?...
— Mais laissons l'ironie et gardons la mémoire,
    Inclinons notre front blessé :
Nous le relèverons le jour où la victoire
    Viendra venger notre passé !

4 mars 1871.

XVI

LA PAIX DE BORDEAUX

C'est bien ; Paris se rend et la France est vaincue ;
La Prusse a triomphé, toute la honte est bue,
Et le traité de paix, consenti par Trochu,
Approuvé par Bazaine et le tyran déchu,
Imposé par Bismark, est accepté d'emblée
Par le président Thiers au nom de l'Assemblée !
   Je ne veux pas chercher si l'on était repu ;
Si l'on a voulu vaincre autant qu'on aurait pu ;
Si le gouvernement élu pour la défense
Comme il devait le faire a repoussé l'offense ;
Si notre Gambetta sut porter sur son dos,
Comme un géant de fer, la guerre et ses fardeaux ;
Si Paris fut trahi ; si la France livrée
Pouvait, à certain jour, se trouver délivrée ;

— Cela c'est le passé, mais le présent est là,
Qu'il vienne de César, qu'il vienne de Sylla,
Et j'ai la liberté, j'ai le droit de maudire
Ceux qui nous font payer les dettes de l'Empire.

Quoi! vous avez encor des chefs et des soldats,
Des vaisseaux, des canons, de l'or et des mandats,
Des armes, des fusils, des balles, de la poudre,
De l'eau pour votre soif, de la farine à moudre;
En frappant sur le sol, vous pouvez d'un seul coup
Trouver un million de combattants debout;
Vous pouvez imiter Sarragosse et l'Espagne,
Avec vos francs-tireurs occuper la campagne,
Avec vos guérillas incendier les bois,
Couper tous les chemins, arrêter les convois,
Attaquer les traînards, les troupes isolées,
Empoisonner les eaux et noyer les vallées;
Vous avez à venger Sedan, Metz, Wissembourg,
Thionville et Belfort, Paris avec Strasbourg,
La lutte est le moyen; le but, l'indépendance.
Vous êtes la patrie et vous êtes la France...
— Et vous allez signer, front baissé, cœur léger,
La honte du pays, l'orgueil de l'étranger!...

O descendants pourris de ce siècle sublime
Qui vit à son réveil un peuple magnanime,

Combattant pour ses droits au mépris de la mort,
Briser la royauté dans un suprême effort,
S'improviser soldat au sortir de l'échoppe
Et broyer sous ses pieds les trônes de l'Europe,
Dites, ô députés, mannequins de carton,
Où donc est Robespierre? Où donc notre Danton?
Pourquoi n'avez-vous pas leur cœur et leur audace?
Quelle crainte aujourd'hui vous étreint et vous glace?
L'argent est rare? — Eh bien, fondez tous vos trésors.
Les mobiles fuiront? — Le feu les rendra forts.
Les canons font défaut? — Forgez l'artillerie.
Les fusils sont trop vieux? — Changez la batterie.
Le pain manque? — Prenez les vivres du vainqueur.
Le pays est lassé? — Redonnez-lui du cœur :
Quand un peuple est debout et qu'il s'appelle France,
Qu'il lutte pour la vie et pour la délivrance,
S'il veut vaincre il vaincra, s'il veut vivre il vivra :
L'espoir le précédant, le succès le suivra!
     Mais non, vous reculez : votre cœur monarchique
Pour sauver vos écus perdra la République :
Vous êtes les ruraux, gentilshommes fermiers,
Qui gagnez de l'argent à vendre vos fumiers;
Vous avez à semer, à tailler vos vignobles,
Et vous ne voyez pas que vous êtes ignobles,

7

Puisque, pour faire en paix le vin ou la moisson,
Vous livrez à la Prusse en guise de rançon
Nos boulevards de l'Est, les clefs de notre place,
La Lorraine avec Metz, avec Strasbourg l'Alsace,
Enfin cinq milliards que le peuple cinq ans
Usera son travail à vous donner comptants !

Soit, vous avez bien fait et la France sabrée
Doit vous remercier de l'avoir démembrée ;
Vous pouvez maintenant aller faucher vos foins,
Couper votre luzerne ou récolter vos coings ;
Votre cœur est tranquille et votre conscience
Ne sait rien reprocher à votre impatience.

Mais nous qui, tant de fois trahis par le destin,
Bonaparte, Bazaine, et Trochu l'incertain,
Malgré tant de malheurs, malgré tant d'infamies,
Malgré l'inaction des nations amies,
Demeurons convaincus, sous des chefs obéis,
De sauver à la fois l'honneur et le pays ;
Mais nous, à qui la foi fait espérer encore
Après cette nuit sombre une sereine aurore
Et qui sommes forcés de subir, malgré nous,
Grâce à vos lâchetés, la honte à deux genoux,
Nous protestons ici contre l'ignominie
Qui livre à l'ennemi la France désunie,

Qui ruine le peuple, épuise nos trésors,
Vide nos arsenaux, démantèle nos forts,
De Paris bombardé détruit le sacrifice,
Fait de la paix honteuse une guerre en nourrice
Et du traité signé sous le glaive un contrat
Que le glaive à son tour un jour déchirera;
— Et, pâles, frémissants de rage et d'impuissance,
Brisant, sur ce papier qui suicide la France,
La plume de vautour qui nous ouvre le sein,
Nous renfermons en nous tout un terrible essaim
De regrets et d'espoirs, de mépris et de haines,
Qui, prenant son essor sur les frontières vaines,
Ira mêler, un jour, au fond des eaux du Rhin,
Les cendres de Paris aux cendres de Berlin!...

15 mars 1871.

XVII

LE JOUR DES MORTS

Les Morts ! Rappelons-nous. — Dans l'ardente mêlée
Ils allaient, les soldats de la patrie en deuil.
La muraille des corps par les boulets criblée
Étageait sur le sol son immense cercueil.
— Ils allaient ; et la neige, où leur vie écoulée
Fuyait, drapait sur eux les plis de son linceul.

Rappelons-nous. — Paris et Versaille étaient frères,
Et tous deux cependant, l'un contre l'autre armés,
Recueillaient pour lauriers des palmes funéraires
Dans les sillons maudits où les morts sont semés,
— Oubliant que la France expiait les colères
De ceux qui se tuaient et qui s'étaient aimés.

Rappelons-nous. — Rangés le long de la muraille,
Les otages sacrés attendaient, le front haut,
La conscience en paix, qu'il plût à la canaille
De les assassiner. La victime au bourreau
Disait : « Je te pardonne », — et l'aveugle mitraille
Crachait sur les martyrs et leur trouait la peau.

Rappelons-nous. — Auprès des barricades prises,
Sur les pavés sanglants où vont grouiller les vers,
Dorment, au grand soleil, cheveux blonds, têtes grises,
Déguenillés, pieds nus, roidis et déjà verts,
Ceux que la faim égare aux folles entreprises ;
— Et la haine se tord dans leurs grands yeux ouverts

Rappelons-nous toujours ! — Sainte morte, ô Patrie,
En vain tes ennemis, insultant nos douleurs,
Foulent sous leurs talons ta dépouille flétrie...
Dans ton abaissement nous grandissons nos cœurs,
Tu nous deviens plus chère ; — et notre idolâtrie,
O mère, effacera les traces de tes pleurs...

2 novembre 1871.

XVIII

GAMBETTA

I

La France, après Sedan, fléchissait écrasée
    Sous l'avalanche des Germains ;
Et, lasse, s'affaissant sur sa jambe brisée,
    La neige aux pieds, du sang aux mains,
Les yeux perdus, le cœur troublé, la bouche amère,
    Les cheveux épars sur le front,
Elle laissait tomber de sa couronne altière
    Chaque jour un nouveau fleuron.
Déjà, comme un goujat qui s'amuse après boire
    A violer un corps d'enfant,
L'Allemand, que soûlait sa facile victoire,
    Se précipitait triomphant ;

Déjà, se roidissant sous la dernière offense,
  Stupide et blême de dégoût,
La victime râlait, ouverte sans défense
  Aux baisers qui fouillaient son cou,
— Lorsqu'un homme surgit, qui, jetant à la face
  Du bandit le gant des combats,
Lui dit, en lui montrant la mère de l'Alsace :
  « Elle meurt et ne se rend pas ! »

II

Alors recommença la lutte gigantesque.
  La voix ardente du tribun
Lançait, défi suprême, à la horde tudesque
  Le cri de mort de Châteaudun
Et venait réveiller dans l'âme de la France,
  Où l'honneur s'était endormi,
La vie et la chaleur, l'espoir de la vengeance
  Et la haine de l'ennemi.
A ce farouche appel, la sublime nourrice
  Entr'ouvrit ses flancs palpitants
Que fécondait le droit et qu'armait la justice ;
  — Et cinq cent mille combattants,

7..

Au Nord, au Sud, à l'Est, à l'Ouest, dans le Centre,
    Jeunes, vieux, nobles, ouvriers,
Le fusil sur le dos, les cartouches au ventre,
    Sans pain, sans habits, sans souliers,
Se levèrent, prouvant aux races souveraines
    Que la France vivait toujours
Et qu'elle avait encor l'audace de ses haines,
    Le courage de ses amours !

III

Soit, nous sommes vaincus, et même il fallait être
    Bien fous pour s'être défendus ;
— Mourir était d'un lâche, et combattre d'un traître.
    — Notre sauveur nous a perdus,
Et mieux aurait valu, faisant fléchir nos têtes
    Devant le glaive de César,
Chanter joyeusement la fin de nos défaites
    Sur un flonflon de l'Alcazar...
Mais nous estimons, nous, que présenter la joue
    A l'insulte du conquérant,
Que sortir du bourbier pour rentrer dans la boue,
    Vivre pour changer de tyran,

Est l'acte de décès d'un peuple qui se tue
       Par un suicide clandestin.
— Tu l'as compris, tribun, et ta voix ne s'est tue
       Que sous le bâillon du Destin;
Et moi, qui t'ai trouvé plus grand, dans la défaite,
       Que le vainqueur qui t'arrêta,
Soldat républicain, je viens payer ma dette,
       Je te salue, ô Gambetta!

Décembre 1871.

ÉPILOGUE

Comme j'ai commencé, je termine ce livre.
   Le destin m'a fait vivre
   Deux siècles en deux ans :
J'ai de la haine au cœur et de la rage aux dents;

Mais la Patrie est là, palpitante, épuisée,
   Et, lugubre risée,
   Saigne sous le licou
Que l'Allemand resserre aux muscles de son cou.

Je me tais, le moment n'est pas à la bravade :
   La dernière ruade
   A brisé le jarret
De la fière jument que l'Europe admirait.

Sa croupe sue encor des efforts de la lutte.
        Libre au moins dans sa chute,
        Elle a cassé les reins
Au cavalier maudit qui lui serrait ses freins;

Mais son autre ennemi la surveille et lui masque,
        De l'ombre de son casque,
        Le doux soleil d'amour
Dont les rayons captifs baisent Metz et Strasbourg...

Sur la rude litière où ta tête s'abîme,
        Lamentable victime
        Des hommes et du sort,
Repose en paix ces flancs où la revanche dort.

Laisse affluer un sang plus fécond à tes veines,
        Laisse tes forces vaines
        Prendre à la liberté
Son souffle, son audace et sa virilité;

Et, redressant alors ton poitrail héroïque,
        Frappant le sol épique
        De ton sabot profond
Qui doit en effacer notre dernier affront,

Tu pourras, hennissant d'espoir et de colère,
Affranchir cette terre
De gloire et de douleurs,
Où meurent les martyrs, où naissent les vengeurs!

19 janvier 1872.

TABLE

PREMIERE PARTIE

EMPIRE

DEUXIÈME PARTIE

RÉPUBLIQUE

PARIS. — J. CLAYÉ, IMPRIMEUR, 7, RUE SAINT-BENOIT. — [1351]

www.ingramcontent.com/pod-product-compliance
Lightning Source LLC
Chambersburg PA
CBHW060814250626
47162CB00005B/1793